Wars of the Interior

被驱逐的人

[秘鲁] 约瑟夫·撒拉德　著

徐颖　译

中国科学技术出版社

·北　京·

怀念我的外婆莉莉·图阿娜玛·努涅兹（Lilí Tuanama Núñez），
以及维斯托索（Vistoso）——秘鲁热带雨林中
一个已然消失的社区。那是外婆的出生之地，
她却再也未能归去。

献给我的父母维奥莱塔（Violeta）和佩佩（Pepe），
这本书的每一个字都属于他们。

那些重大事件如何呢？它们将进入历史。而那些小事件，对小人物来说至关紧要的小事件，则消失得无影无踪。……我不遗余力地写书，一本又一本，自始至终都是在做一件事——将历史还原为活生生的人。

——S. A. 阿列克谢耶维奇（Svetlana Alexievich）
《锌皮娃娃兵》（*Zinky Boys*）

目 录

第一章

木 材

我们的世界正在悄悄地分崩离析。植物这类 4 亿年高龄的生命形式，已经被人类文明转变成三样东西：食物、药品和木材。我们无尽地索取这些东西，着了魔似的想让它们变得更多、更有效、更多样。我们对植物生态的破坏程度，甚至已经严重到让 4 亿年来的所有自然灾害都自叹不如。[①]

——霍普·洁伦（Hope Jahren）
《实验室女孩》（*Lab Girl*）

从空中俯瞰，下方的丛林仿佛蜷曲扭结的毛发，看上去十分平和宁静。然而这全然是一片假象，因为大自然的内在从来没有平和宁静过。即使遭遇改造与驯服，它一样会回击那些试图驯服它的人，将他们打回原形，纳为宠物。

——沃纳·赫尔佐格（Werner Herzog）
《无用的征程》（*Conquest of the Useless*）

[①] 中文摘录自北京联合出版公司 2019 年出版的中译本《实验室女孩》，译者蒋青。——译者注

认识埃德温·乔塔（Edwin Chota）的人都说，他特别爱笑，笑容夸张而富有感染力，咧开的嘴巴露着个豁口，因为他缺了颗门牙。关于这颗牙是怎么弄丢的，埃德温的父亲阿尔贝托·乔塔·特纳佐阿（Alberto Chota Tenazoa）做过一番生动的描绘：在他的六个孩子中，埃德温是长子。有一次，他端着一盘龟肉意大利面狼吞虎咽——"他一口咬下去，正好咬在一片龟甲上！"老人回忆道，"不过他只是笑了笑，随手把那颗牙扔了，继续埋头吃面条。"那是埃德温被杀害前两年的事。秘鲁雨林里人口最多的原住民族——阿沙宁卡族（Asháninka）的猎人杰米·阿雷瓦洛（Jaime Arévalo）清楚地记得，在他挖出一枚头骨时，正是这缺失的门牙帮他认出了他的朋友。那天，他和几名警察在靠近秘鲁与巴西边境的一处地点忙碌了整整一个上午，挖掘清理一个浑浊的泥水坑。埃德温·乔塔的遗体是被河水带到那里的，沿途已被秃鹫和短吻鳄啃噬殆尽。水坑足有七米深。阿雷瓦洛四十多岁，身材短小精悍，双臂强健，是个游泳好手。他从水坑里捞出了一根大腿骨、几条肋骨、一件已经破碎不堪的衬衣、一只满是窟窿的胶皮靴，还有一条用彩色植物种子串成的手链（竟然还套在手腕上）。两周前，阿雷瓦洛的四个朋友惨遭杀害，遗体被抛进了附近的溪流。他捞上来的显然便是其中一人的残骸。仅凭一个细微特征，他便确认了这是谁：捞出的头颅口中缺了一颗门牙。

尽管那时埃德温·乔塔已经五十三岁，瘦得像根木耙子，他依然是个性格坚忍的农民，也是个打猎老手，背上总有一杆猎枪。他高挺的鼻梁隆起似鹰钩，头发丝毫没有因衰老而变灰的迹象，皮肤也晒得黝黑发亮。他能惟妙惟肖地模仿麻雀啁啾或者野猫嚎叫。他不仅擅长踢足球，还很会跳索西莫·萨克拉门托（Sósimo Sacramento）①跳的那

---

① 索西莫·萨克拉门托：秘鲁著名民俗音乐家。——译者注

种瓦伊诺舞（huaynos）^①和巴西的"扶火"（forró）舞^②。他跳舞时，瘦骨嶙峋的身躯左摇右晃，活像只牵线木偶。埃德温·乔塔一笑起来，上门牙的豁口便成了他脸上最引人注目之处。他大声抗议时也是一样，尽管那时他毫无笑意。乔塔是萨维托（Saweto）部落的首领。萨维托位于上塔马亚（Alto Tamaya）河域，共有三十多户人家，乔塔是部落里唯一能读会写的人。他会愤怒地挥动拳头，谴责那些非法木材贩子——那些不法之徒残酷地剥削阿沙宁卡族人，大肆掠夺他们赖以生存的森林。"只有那种情况下，他才变得十分严肃。"乔塔的遗孀朱莉娅·佩雷兹（Julia Pérez）说，"其他任何时候，他总是开开心心，玩笑不断"。笑脸相迎有时也是一种交际手腕，但乔塔在面对非法伐木者时，从来都是板着脸，嘴唇抿成一条线。

普卡尔帕（Pucallpa）是秘鲁雨林里的第二大城市，

---

① 瓦伊诺舞：一种起源于秘鲁、流行于整个安第斯山区的民间舞蹈，风格热情奔放，常见于各类庆典和狂欢节上。——译者注

② 扶火舞：又译为"伏火舞""哎嚯舞"等。Forró 舞是巴西著名的一种舞蹈，19 世纪起源于巴西东北部，后风靡全国，与桑巴一样成为巴西的象征。其节奏简洁明快，风格热情奔放，常见于狂欢节等大型庆典上。——译者注

也是埃德温·乔塔出生并长大的地方。乔塔得划上船，沿着曲曲弯弯的大河顺流而下，漂流整整七天才能到达那里。他常常去普卡尔帕看望父亲，给他带去黄腿象龟——这种龟长着黄色的腿，肉质鲜美柔嫩，已成为老人最喜爱的美味佳肴。他们父子俩最后一次相见是在父亲节。乔塔告诉父亲，他要去利马（Lima），看看能否最终找到肯于听取控诉的人。那时，他受到的死亡威胁已越来越频繁。父亲恳求他留下来，和自己一起待在普卡尔帕，不要再返回萨维托。

"我做不到。"他说，"我死也不会离开那片土地。"

两个月以后，2014年9月1日的上午，在上塔马亚河域的热带雨林中，几名盗伐者杀害了埃德温·乔塔和另外三名阿沙宁卡族领袖——乔治·里奥斯（Jorge Ríos）、弗朗西斯科·佩内多（Francisco Pinedo）和莱昂西奥·昆蒂西马（Leoncio Quintisima）。当时他们正在赶往边境那一侧的巴西，去开会讨论如何捍卫领地。一颗子弹正中乔塔的胸口。子弹来自一支专门用来猎杀鹿和野猴子的16号口径霰弹枪。紧接着又一颗子弹飞来，在他头上打出一个洞。猎人阿瓦雷洛也去参加同一个会议，但比他们走得早。他发现朋友们迟迟不到，便沿原路返回去查看情况。他找了五天，才在溪流中发现了朋友们的遗体，地点距离边境有徒步十二小时的路程。阿瓦雷洛害怕自己也遭遇毒手，便逃回了社区（后来他带着警察回到原地时，能找到的便只有残骸了）。四名遗孀和这些部落领袖的孩子们坐上船，在河上丝毫不敢停留，连续赶了三天的路，才到普卡尔帕报告了这桩惨剧。萨维托没有警察驻守，而他们与外界通信的唯一工具——社区的双频无线通信设备的效果又不太好。

埃德温·乔塔最后一次去利马投诉那些威胁他的伐木者时，用手机给八十岁的老父亲打过一个电话，并答应还会回去看他。在此之前不久，他曾给父亲留了一张照片做纪念。照片上，乔塔正在出席一个会议——作为阿沙宁卡人的首领，他参加过许多这样的会议。他站立着，面容冷峻，身上穿着库什马（一种棕色的及膝短袍），头戴五彩缤纷的羽毛制作的头饰，脸上用胭脂树泥画着红色条纹。[1] "有了这张照片，就算我遭遇不幸，你还是能看到我。" 临别之时，他对父亲说。

这个男人为萨维托阿沙宁卡人的社区而死，然而他先前根本不是阿沙宁卡人。他的大女儿珀拉·乔塔（Perla

Chota）听到人们说她父亲是一位部落头领时，还以为他们是在开玩笑。她九岁时，这个男人就把她留在了利马，丢给一个姨妈抚养。他曾经是城里的明星球员，热爱跳舞，还是比吉斯（Bee Gees）乐队和约翰·特拉沃尔塔（John Travolta）的粉丝。他是这个多人种混居城市的居民，出门时衬衫永远熨得板板正正，皮鞋擦得锃光瓦亮。如今的他却穿着短袍、头戴羽冠、脚穿凉鞋，生活在热带雨林中的木屋里。简直太荒诞了。

埃德温·乔塔的妹妹们对此同样感到震惊。他们住在利马北部海岸，一个名叫"安孔"（Ancón）的古老渔村里。"我们简直无法相信，"索妮亚·乔塔（Sonia Chota）说，"我弟弟甚至开始说一种奇怪的语言"。索妮亚是个家庭主妇，我们就坐在她家里聊天。她住在一栋预制木板房里。

直至今日，埃德温·乔塔的亲戚们都无法理解：他又没有出生在那个社区，为什么要死心塌地为它而战。他们说，他十岁时母亲突然去世，从那时起他便开始为其他人的生活操心。他出生在一个子女众多却极其贫困的家庭。尽管这个男孩未来会成为阿沙宁卡人的领袖，并将勇敢直面森林中的黑帮匪徒，小时候他却十分容易害羞。他在学校里表现突出，慷慨大方，乐于助人，所以大家都喜欢他。他的兄弟姐妹和朋友们都是这样说的：埃德温·乔塔乐于帮助人们解决困难，这是他赢得别人喜爱的方式。

关于他年轻时候的情况，我们所知不多，只知道他在普卡尔帕读完了中学，随后便离开父亲（美国某石油公司的一名钻井工人）挣下的一小块地产，跑去当兵了。他在20世纪80年代秘鲁与厄瓜多尔的战争中参加过海战，后来在号称"秘鲁热带雨林之都"的伊基托斯（Iquitos）得到一份安装高压电缆的工作。他的浪漫史从来不会持续太久。还在战壕中时，他便有过一个来自原住民族群维托托（Huitoto）①的女朋友。后来，在全家人毫不知情的情况下，他和一个年长的女人生了两个孩子。那个女人信仰一个基督教派。有些人说，那段时间，埃德温·乔塔蓄起了胡须，还到处布道，宣讲《圣经》。再后来，据说他同她

---

① 维托托：哥伦比亚东南部和秘鲁北部的南美印第安人，属于一种独立语群。在几千名原住民中有30多个维托托部落。由于遭受剥削、疾病和同化，1970年以来有估计认为维托托人已不足1000人。——译者注

分了手，把女儿珀拉留给另一个女人照顾（这个女人后来也离开了他），自己返回普卡尔帕，从头再来。

他回到普卡尔帕以后，又有了一个新女友，名叫埃尔娃·里萨福尔（Elva Risafol）。两人生了个儿子，也起名叫埃德温，他如今已是一名缉毒警察。埃尔娃记得，她是在一个热带主题派对上，通过朋友的引见认识埃德温·乔塔的。他那时三十岁，长得特别瘦，一头直发乱蓬蓬的，穿着天蓝色衬衣、牛仔裤和皮鞋。埃德温神情庄重，彬彬有礼地邀请她跳一支《蜗牛汤》(*Sopa de Caracol*)[1]。他的动作惹得埃尔娃发笑，不过她很喜欢。那天晚上，他们聊了好几个小时。喝下好几罐啤酒后，他告诉她，自己是一名电工，前女友已经离他而去。他还说，他参加过帕基沙战争（the Paquisha War），并且提到他希望有朝一日能重返热带雨林，为丛林中那些非常容易受到伤害的原住民社区做一些事情。[2]

"埃德温总是想入非非，可是你没法靠做梦讨生活。"

---

[1] 《蜗牛汤》：洪都拉斯乐队 Banda Blanca 演唱的一首歌曲，1991年推出后即成为拉美热门曲目，并风靡整个美洲大陆。——译者注

埃尔娃·里萨福尔说。他们一起生活了五年。1997年，她离他而去。"我更现实一些。我经常嘲笑他，说他找个原住民女人一起生活可能更开心。我想，他把这句话当真了。"

这段关系破裂后，埃德温·乔塔从他生活的街区消失了。四年后的一个清晨，住在普卡尔帕的埃德加·乔塔（Edgar Chota）忽然听到有人敲门。——他的家是一栋兼具居住、焊接车间和食品店功能的房子。来访者是他的哥哥埃德温。

"见到他，我真是高兴坏了！"埃德加回忆，"我们全都以为他已经不在人世了。"

他在那四年里做的事，没有留下任何记录。听说，直到20世纪90年代末，埃德温·乔塔才独自一人在上塔马亚河域的热带雨林中现身。据说他是和几个朋友一起去找活干的——不是做农活，就是当伐木工，要么就是贩卖野猪皮。人们说，他去那儿是为了忘掉以往的失败，而他留下来是因为爱上了一个当地女人。我们比较有把握的只有一点：埃德温·乔塔第一次踏上这片土地时，萨维托社区已经存在了，或者至少已经奠定了基础。这个社区是以一种绿毛鹦鹉命名的——它长得很像金刚鹦鹉、只是尾巴短一些。

20 世纪初，阿沙宁卡人从秘鲁热带雨林的中心地带迁移到巴西边境。当时橡胶业繁荣发展，如火如荼，欧洲和美国都成吨收购从橡胶树上割下的天然乳胶，以制造汽车轮胎。亚马孙的原住民对橡胶本来就有一定的认知：他们一直用"高加（cauchuc）"树的树汁来制作皮球和用于注射药品和通便剂的简单注射器。"高加"是奥马瓜（Omagua）语，意为"会哭的树"。然而，当橡胶业巨头来到热带雨林时，全部社区都遭到了整体性的奴役，所有人都被驱赶去采集这种原料。在那个时代，正是这些原料大力推动了某些国家的现代化进程——这些国家后来被称为"第一世界"。

橡胶大亨们把伊基托斯变成了欧洲奢华生活的前沿阵地。他们用手绘的意大利瓷砖装饰住宅；建起一座剧院；甚至还建造了一座由法国工程师古斯塔夫·埃菲尔（Gustave Eiffel）设计的"铁房子"。与此同时，仅仅几千米之外，原住民的男人们正在矿灯的照明下用砍刀在丛林中劈出道路，搜寻橡胶树。从黎明直到黄昏，他们的劳作无止无休。回到营地时，他们已饥肠辘辘，焦躁不已，但仍不得不在火堆旁等上几个小时，一边呼吸着极其难闻的烟气，一边把橡胶汁液放在烤架上熬至凝固。他们要花上好几个星期，才能攒成一个大小足够出售的橡胶球。萨维托的阿沙宁卡人说，他们的先辈在工资上一次又一次上当受骗。他们得到的工资是廉价的烈酒，而劣质的酒精使他们的头脑变得麻木迟钝。女人们沦为奴仆，或被迫在小块农田里劳作而无分文报酬。成百上千的原住民死于饥饿、痢疾和其他疾病。

到了 1910 年，原住民的恐怖遭遇已变得臭名昭著，这迫使英国政府不得不对哥伦比亚边境附近的普图马约河（Putumayo）[①]两岸的工人营地展开调查。那个时期最赚钱的橡胶公司之一——秘鲁亚马孙公司（The Peruvian Amazon Company）对多个原住民社区进行压迫和奴役，并犯下了种族灭绝罪：他们对原住民实施阉割和斩首之刑；把他们浇上汽油放到火上烧；把他们倒悬在十字架上；殴打他们；

---

① 普图马约河（Putumayo River）：西班牙语为 Rio Putumayo，亚马逊河支流，长 1609 千米，是哥伦比亚与厄瓜多尔、哥伦比亚与秘鲁的大部分边界。——译者注

肢解他们；饿死他们；淹死他们；让恶狗吃掉他们的尸体；
公司的打手喽啰们强奸妇女、砸碎儿童的头颅。负责这项
调查的罗杰·凯塞门（Roger Casement）详细录述了这累
累罪行。按他的估计，约有三万名原住民死在这个人称
"魔鬼天堂"的公司的黑手之下。

萨维托的阿沙宁卡人很可能是在 20 世纪初期的橡胶
潮中跟着旧主人来到巴西边境的那些原住民的后裔。橡胶
渐渐枯竭后，他们的主人转而猎取异国动物的皮毛。皮毛
也被剥完后，他们的目光又转向了木材。他们掠夺的目标
一变再变，但对原住民的奴役却丝毫未改。

阿沙宁卡人的领袖们声称，几十年前发生过的事情，
今天依旧在发生：大老板们给当地人发放各种东西，引
他们"上钩"——他们用衣服、猎枪、药品、船用发动
机、收音机和食品换取成百上千的树干。由于原住民大多
数不识字，老板们就在数量和价格上各种欺蒙，先让他们
欠债，再逼迫他们去砍伐更多的树木来偿还他们收到的物
品。伐木工人出现时，动物都被链锯的噪声吓得落荒而
逃，而阿沙宁卡人就不得不花更多时间穿越野林去猎取食
物，他们有时一无所获。他们还不得不拖着原木在地上行

走，把土里的种子都翻了上来，拖拉机也在森林中压来压去，弄得土地都荒废了。伐木工人还给原住民带来了他们从未得过的传染病。一场普通感冒就能让数十个原住民死亡，且这样的事情发生过好几次。

五十多年后，一种新的恐怖威胁触发了另一场血腥屠杀。20 世纪 80 年代中期，在秘鲁南方大山中活动的军事武装组织"光辉道路"（Shining Path）① 在阿亚库乔（Ayacucho）与政府军发生冲突。随后他们进入了丛林，目的是控制整个中部热带雨林。这些恐怖分子抢劫农场，纵火焚烧医疗诊所和市政办公室。他们在雨林深处建起强制劳动营，把数百名阿沙宁卡人抓去关在那里长达数月，让他们耕作土地、为恐怖组织头子做饭，还强迫他们放弃自己的语言，改说克丘亚语（Quechua）② 或西班牙语。他们把敢于反叛的人当着家人的面刺杀或吊死。他们强奸

---

① 光辉道路：秘鲁的极左反政府游击队组织，是 1970 年从秘鲁共产党分离出来的。80 年代在秘鲁的活动颇为活跃，时常制造事端。——译者注

② 克丘亚语是南美洲原住民的语言，分布在阿根廷、玻利维亚、巴西、智利、哥伦比亚、厄瓜多尔、秘鲁等地。克丘亚语自成一种语系，但有各种"方言"，情况类似汉语。——译者注

妇女，绑架儿童，并且对孩子进行洗脑，把他们训练成战士。

依据真相与和解委员会（Truth and Reconciliation Commission）①最终的调查报告，阿沙宁卡人是在政府军和"光辉道路"的争战中受害最深的亚马孙民族。三十多个社区消失了，原住民多达万人流离失所，五千人遭到绑架，六千人惨遭杀害——约占在册死亡总人数的百分之十。然而，负责撰写报告中"阿沙宁卡大屠杀"相关章节的人类学家奥斯卡·埃斯皮诺萨（Óscar Espinoza）却表示，这些统计数字并没有充分反映实际情况。他回忆说，他们在执行调查时，既无预算也无船只，因而无法全面探访所有的亚马孙社区。报告的篇幅也被缩减过，大量细节、故事和个案研究被删除。此外还有一个原因：有些受害者的家人不愿谈论惨痛往事。

一天上午，在秘鲁天主教大学（Pontifical Catholic University），埃斯皮诺萨的办公室里，他告诉我："在阿沙

---

① 秘鲁真相与和解委员会：由托莱多总统设立，旨在调查在20世纪80年代至90年代秘鲁内部冲突期间的人权状况。——译者注

宁卡族，母亲不能提起她死去的孩子的名字。她认为这样做会使孩子的灵魂无法上天堂。阿沙宁卡人不愿意谈论死者。"

阿沙宁卡人与其他惯于开疆拓土的民族不同，他们更注重防御。孩提时，他们在学会射箭之前，就要先学会躲避箭矢。但每当遭到攻击或土地被入侵时，他们即刻化身为秘鲁五十一个亚马孙民族中最为骁勇善战的战士，以擅长弯弓射箭而闻名。[3]

埃德温·乔塔于1999年来到萨维托时，"光辉道路"已经在中部热带雨林中被政府军和"阿沙宁卡军"打败。所谓的"阿沙宁卡军"是一支用猎枪和弓箭武装起来的武装队伍，不时对"光辉道路"的营地进行偷袭。在乔塔刚刚到达萨维托的那段时间，部落中一些生活在巴西边境的阿沙宁卡家庭正下定决心要摆脱伐木者的剥削，希望国家承认他们的社区以及他们对土地的所有权。他们相信，这是通向自由的道路。

起初，木材商人们支持他们争取土地所有权。他们认为，即使这片土地被承认属于阿沙宁卡的合法财产，也不影响他们继续砍伐树木、继续剥削阿沙宁卡人。但是后来他们看到，在司法程序不断推进的同时，萨维托部落在埃德温·乔塔的领导下变得越来越有组织，于是反应过来：一旦政府将土地所有权授予这些人，他们的利益势必受到威胁。这是他们所无法容忍的。

*

尽管戴安娜·里奥斯（Diana Ríos）无法回忆起所有的细节，但她清楚地记得，第一次见到埃德温·乔塔时，她才九岁。她记得他孤身一人来到萨维托时的样子——奇瘦无比，背上有只帆布背包。他住进了她母亲隔壁的一个木屋。十二年后，她的母亲埃尔吉莉娅·伦吉福（Ergilia Rengifo）成了最后一个看见他的人。当时这个社区正在为获得国家承认而努力。有史以来，他们第一次下决心要充分利用森林建设一样真正有价值的东西——为孩子们建一座双语学校。新来的埃德温·乔塔既会读书也能写字，而且向阿沙宁卡人表示自己愿意帮助他们，因而很快便赢得了他们的好感。他们叫他"马塔里"（Mathari），意思是"瘦子"。

2002 年的一天，萨维托的三十户人家召开了一个会议，选择新的社区首领。表决时，绝大多数人举手表示支持乔塔。他们给了他一小块土地，供他自己耕种。就这样，他被接纳了，成了他们当中的一员。

"我们过去都是各过各的日子，但是埃德温总是说，我们应该更加团结，这样别人就没法欺骗我们。"戴安娜·里奥斯回忆道。她二十多岁，健康壮实，脸蛋圆圆的，有一双杏仁般的大眼睛。她的父亲是与乔塔一同被杀害的三位领袖之一。"乔塔教我们读书写字。他还带我去上专门为原住民妇女安排的培训课程。现在我知道了我有哪些权利。他和其他人不同。他是一个开朗、健谈、深情的男人。就是因为这些，我才爱上他的。"

阿沙宁卡人没有婚嫁仪式，对他们来说，生孩子和结婚是同义词。因此我们可以说，戴安娜·里奥斯在十五岁时和埃德温·乔塔结了婚。这对夫妻生了一个儿子，取名基托尼罗（Kitoniro）。这个孩子和他父亲一样聪明，脾气也和父亲一样执拗。遵照自己的文化中的性别角色，里奥斯负责照看孩子、做饭和做家务，乔塔则料理田地，并且负责打猎，为全家人带回肉食。除此之外，他还要跟政府机构打交道，常常一连好几个礼拜不在家。

戴安娜·里奥斯也经常和她的丈夫一起出门，坐上好几天的船，去乌卡亚利（Ucayali）的地区政府办公室进行申诉。他们穿着传统的棕色库什马，脸上画着红色条纹，在办公室门外等上两三个小时。政府的人有时拒绝接见他们。由于他们经济拮据，没钱在城里买吃食，港口的商贩们常常免费送给他们一些大蕉①或鱼。

为了捍卫森林不受非法伐木者的掠夺，埃德温·乔塔向秘鲁国家政府几个不同的部门呈递了百余封信，要求将下列区域的所有权授予他的社区：八百平方千米的热带雨林（约等于利马面积的四分之一）以及流经雨林直至巴西边境的河流。但是政府拒绝了，因为这片区域的百分之八十已被分配给了两家秘鲁伐木公司。2002年，即萨维托被依法承认的前一年，利马的一位公务员甚至都懒得停下来看一眼这片土地上究竟是谁在居住，便又将两家公司的使用权延长了二十年。政府以特许权的方式授让给那些

---

① 大蕉（plantain）：芭蕉科芭蕉属植物，是热带国家常见的芭蕉品种，又被称为烹饪香蕉，通常煮熟或油炸食用。非洲和南美国家常以此为主食。——译者注

公司的管辖区域和萨维托部落的领土像双手互握一般交叉重叠在一起。

要让萨维托获得产业所有权的话，政府就必须撤销那些公司的伐木特许权，或者为其重新分配地盘。而这件事不搞定，阿沙宁卡人就没有合法权利去阻止人们掠夺他们赖以生存的森林。遇到这个问题的并非只有他们一个社区。直至今日，仍有六百多个原住民社区（占秘鲁热带雨林中原住民社区的半数）没有获得他们脚下土地的合法所有权。世界资源研究所（the World Resources Institute）曾经对遍及亚洲、非洲和拉丁美洲的十五个国家进行了一项研究，结果显示原住民领土的合法化手续往往极其复杂、成本高昂且进度缓慢。在好几个案例中，原住民家庭都被迫放弃他们的土地，或失去对土地上的水源、药材或食材的所有权。社区办理所有权的手续可能拖上三十多年，而那些针对同一地区谋求特许权的公司却常常只用三十天就拿到了手，最长不超过五年。原住民占据了地球五分之一以上的土地，但从法律上说，他们合法拥有的只有百分之十。在秘鲁，有些不法之徒便钻这个空子赚取利益：他们对原住民社区说，可以帮其承担获取土地所有权的费用

（大约一万美元），但不包括给政府公务人员的贿赂，交换条件是允许他们砍伐社区里的树木。

埃德温·乔塔刚到萨维托时，有不少家庭是与非法伐木者合作的。实际上，只要森林完好，原住居民就能靠打猎、捕鱼和耕种为生。不过，即便如此，他们仍然需要其他生活用品，比如衣服、肥皂和药品。对许多人来说，砍树或者让其他人有偿砍树，是获得这些生活物资的唯一途径。乔塔努力说服阿沙宁卡人不要参与这些破坏行为。

"他直话直说，并且揭发了那些贪污腐败的阿沙宁卡首领。这就是有人说他坏话的原因。他们说他很快就会回利马去，在豪华饭店大吃大喝。"戴安娜·里奥斯回忆说。她从不相信这些谣言。不过，四年以后，她还是决定与这位领袖分手，因为他总是很长时间见不到人影。后来，乔塔又与另一个阿沙宁卡女人——朱莉娅·佩雷兹一起生活，并和她生了个儿子，取名特松基里（Tsonkiri）。

埃德温·乔塔一生中的十二年便是这样度过的。他将划定社区领土范围、明确界线列为自己的首要职责。这意味着，他在不停向国家政府进行指控和投诉的同时，还帮助萨维托部落获得了一些基础性的东西，比如地图。乔塔认为，面对那些惯于否认掠夺行为或对此轻描淡写的公司和政府机构，阿沙宁卡人应该掌握地图学的语言——如坐标、界桩、航拍照片等，这是他们捍卫自己领地的武器。

人们一般都说秘鲁是个安第斯山区国家，无论国内国外，人人称之为"印加人的土地"。不过，就地理区域而言，秘鲁首先是一个亚马孙国家。在拉美国家中，秘鲁拥有的热带雨林面积仅次于巴西，其国土有百分之七十被丛林覆盖。然而，如果你看一下开采公司特许经营权的地图，就会注意到，在过去的半个世纪中，秘鲁境内的亚马孙森林已被划成数十个长方形"地块"，并被交给伐木、石油和矿业公司进行勘探及最终开采。

只看这份特许经营权地图的话，你会以为热带雨林里除了树木、河流和动物就没别的了。换句话说，那里没有人类，不存在社区，更不存在什么文明。地图绘制员布莱恩·哈莱（Brian Harley）解释说，地图上的这些"空白区"实际上是"沉默区"：信息被故意隐藏了。地图并不是一张清白无辜的图纸，它暗含政治信息。

美国里士满大学（University of Richmond）的地理学教授大卫·索尔兹伯里（David Salisbury）认识埃德

温·乔塔，还曾经在秘鲁以外的地方帮助乔塔宣传他的斗争。索尔兹伯里身形瘦高，一头金发，语调亲切。他在热带雨林中生活过几年，在此期间曾向阿沙宁卡人的社区提供指导，教他们如何利用地图辨识那些森林砍伐严重、已威胁到族群土地与文化的区域。萨维托部落正是他帮助过的社区之一。

"官方地图没有反映亚马孙的真实情况。"在网络电话（Skype）里，索尔兹伯里向我解释，"原住民社区没有在官方地图中标示出来。那些在地图上根本没有出现的人，恰恰是被非法砍伐和权利冲突伤害得最严重的人。如果能将土地所有权交给萨维托，并为他们绘制一份地图，就可以保护这群人，同时也保护他们的森林和森林里的每一样东西。那样的话，伐木者就再也不能肆无忌惮、胡作非为了。是乔塔让现状发生了改变，所以他们才要弄死他。"

许多国家和民族的历史都表明，在地图上画一条线，就能改变数百万人的命运。地图是一种权力工具。如今，秘鲁的地图专家们都倾向于在国家机关工作，而国家机关则把这些工具提供给有经济实力和政治影响力的人。没几个人知道他们究竟是谁，但他们确实编制出版了关于这个国家的河流、山脉和森林的详细资料。六百年前，正是航海图让西班牙、葡萄牙和英国变成了帝国。而在今天，同样的知识常常被强大的商业帝国把持，并被用来谋求更多利益。

在秘鲁，地图绘制工作通常由专业机构负责，如国家航空摄影局（the National Aerophotographic Service）和国家地理研究所（the National Geographic Institute），但多个国家政府部门都需要使用地图，如农业部、情报局。同时，从政府部门获得了自然资源开采许可证的矿业、伐木和石油公司也需要使用这些地图。这些公司通常要支付数千美元，才能获得令他们感兴趣的山区和雨林地区的详图。按规定，公司可以将这些地图保留十年。

"设想一下，如果原住民社区拥有这些资料，可以做多少事情？有地图在手，他们就能制订发展规划，更好地保卫自己的土地。"来自美国热带雨林基金会的地理工程师温迪·佩内达（Wendy Pineda）说。这个基金会是非政府组织，在这桩谋杀案中为死者的遗孀们提供法律援助。"如果你去问政府，这些地图为什么不拿出来与原住民分享？政府会这样答复你：'用不了几年，他们就能得到这些数据了。'事实上，他们永远都不会得到。如果政府真的给原住民了，那就意味着为时已晚——这些社区的土地已经被开采光了。他们总是这样，谁叫价最高，资料就给谁。"

秘鲁百分之七十的热带雨林已被这些伐木公司瓜分干净。在一些特许权地图上，这些公司的地盘呈多边形，覆盖了大片的土地，而原住民社区却用点来表示，如同茫茫大海中星散的岛屿。"可是，原住民社区也应该是多边形才对！"佩内达说。她是利马人，有长长的头发、深色肌肤和明亮的双眼。埃德温·乔塔死后，她对乌卡亚利的阿沙宁卡社区进行了培训，教他们如何使用无人机和GPS设备自己绘制地图。"国家把这些社区画成小点，活像他们家门以外的所有东西都可以自由砍伐似的。"

就在同一片土地上，祖祖辈辈生活着一群人，然而政府毫不在意，仿佛这些人根本微不足道。用索尔兹伯里教授和工程师佩内达的话说，许多政府的历史逻辑既简单又粗暴：地图上没有的东西，就压根儿不存在。

阿沙宁卡人不愿意与人起冲突。一般情况下，如果有人对邻居感到不满，他会主动去森林里待上一会儿，直到自己冷静下来，再回来跟对方谈谈，把事情了结。在他们的语言中，"阿沙宁卡"的意思是"我们的兄弟"——世上再没有比仇恨或杀死一个家人更坏的事了。

阿沙宁卡人惯于彼此分享食物。如果有人走进别人家，主人问都不用问，便会拿出"马萨托"（masato）和一些其他吃食来款待他（或她）。"马萨托"是丝兰经口水发酵制成的饮料。大蕉、玉米、可可、红薯和豆子在阿沙宁卡人的食物组成中占八成，辅以他们的小块耕地上出产的其他食品。在他们生活的地方，没有人能独占某一块土地，或某个打猎场所或钓鱼地点。"私有财产"这个概念对他们来说全然陌生。

阿沙宁卡人相互之间不是叔叔、阿姨，就是表兄弟姐妹，要么就是侄儿侄女，总而言之，不管是否同社区或同姓氏，他们全是一家人。他们没有家族世系，也不分社会阶级。他们的西方姓氏——阿瓦雷洛、佩内兹、里奥斯等，都来自于从前奴役阿沙宁卡人的地主，或者是传教士们为了容易区分给他们取的名字。公共登记处的工作人员过去也常常为了自己方便，随意更改他们的姓名。

阿沙宁卡社区有首领，这个位置通常由男人掌握，他凭借自己坚强的性格和强大的说服力领导全族。

"不是只有阿沙宁卡人才配当我们的首领，你只要对我们和我们的文化怀有爱心就可以。"乔塔的前岳母和邻居埃尔吉莉娅·伦吉福说，"人和人是一样的。"

曾经的电工埃德温·乔塔连阿沙宁卡人的语言都说不流利，但他想方设法地把社区组织起来，让社区从社会援助项目中得到尽可能多的食物配给——比邻近的村落多得多。他当上社区领袖没几年，萨维托便实现了太阳能发电，得到了一个可与城市通信的双频无线电设备，还建成了一座高位水塔和一所幼儿园。社区居民有史以来第一次收到了身份证明文件，终于成了国家的公民。乔塔被杀害之前不久，还去检查了小学新建校舍的施工情况——直到那时，小学都是开在他家里的。他取得的这些成绩，都归功于他与市政府和地区政府交涉时坚忍不拔的精神，以及来自不同组织的支持，还有他一手打造的阿沙宁卡与阿匹乌恰（Apiwtxa）① 之间坚固的联盟。阿匹乌恰是巴西阿克里州（Acre）的一个原住民社区，他们联合起来共同保卫

---

① Apiwtxa，未检索到标准或通行中文译名，本书音译为"阿匹乌恰"，是巴西境内亚马孙热带雨林中的一个原住民社区，近年来因在自然保护和森林恢复方面成绩显著，获得国际关注。——译者注

国境两边的森林。乔塔也想效仿这些巴西原住民，做他们已经在做的事情：建设一个龟蛋孵化场、一个鱼苗孵化场和一座用于栽培出口鲜花的花园，以及重新植树恢复森林。阿匹乌恰就是他在"社区发展"方面的榜样。

但他之所以能与阿匹乌恰建立联盟，依靠的并不仅仅是个人魅力，也不仅仅是他向政府申诉时表现出来的决心。环境人类学家马里奥·奥索里奥（Mario Osorio）在英国肯特大学就读时，曾以萨维托为主题撰写硕士论文。据他回忆，乔塔每次准备出发去提交文件时，总会提前几天禁食并饮用死藤水——用"灵魂的藤蔓"制作的饮品①。乔塔说，这种亚马孙人视为圣物的致幻植物能帮助他与热带雨林建立起神秘的联系。

"对埃德温来说，捍卫森林是一种发自灵魂的抗争。"奥索里奥回忆说。他曾在乔塔的木屋中居住过好几个月，在此期间与乔塔结下了友谊。奥索里奥教乔塔使用微软的文字处

---

① 死藤水（ayahuasca）是南美洲土著居民用热带雨林中一种被称为"死藤"的藤本植物制作的褐色苦味饮品，有"灵魂的酒"之称。死藤水有快速致幻的效果。因为可以产生"通灵"幻觉，它也是土著人的祭祀活动中必不可少的道具。——译者注

理软件和发电子邮件，乔塔则给他解说原住民的风俗习惯。

阿沙宁卡人对邪灵的力量向来深信不疑。从他们那儿，乔塔了解到世上存在着隐形的敌人，他必须打败它们。老人们管这些邪恶的敌人叫"卡马里"（kamári），即"魔鬼"。它们是藏身在森林中、山洞里的恶灵。恶灵会磨碎人们的骨头，吸食人们的眼睛。它们会杀死新生的婴儿，也能杀死强壮的战士，还能附在一个人身上（无论是不是阿沙宁卡人），让他连想都不想就杀死自己的兄弟。"卡马里"是邪恶的本质，而非法伐木者和从前来过的那些施暴者一样，是它们近年来的化身。

或许因为对自己面临的风险心知肚明，乔塔基本上闭口不谈自己留在城里的另一个家庭。在他长达十二年的斗争生涯中，只有那些与他最亲近的人——其他的阿沙宁卡领袖以及他的妻子——知道他曾有过另外一段家庭生活。乔塔把他的现实生活劈成了两半：他的孩子珀拉和小埃德温生活在城市里，另外两个儿子基托尼罗（"蝎子"）和特松基里（"蜂鸟"）在原住民社区。这样其实更为妥当，因为他已经被非法伐木者盯上了，而他绝不想让危险波及亲人。

"不过，有时他也会对我们说：'你们干吗要留在这儿，过得这么辛苦呢？在城里，你不花钱买就没东西吃。
在森林里，你要什么有什么——动物啊，丝兰啊，鱼啊，
应有尽有。'"埃德温的父亲回忆说，"他想把我们一起带
到那边去，让我们也变成阿沙宁卡人。但凡你说一点点
阿沙宁卡的坏话，他就不开心。"

有一天晚上，在普卡尔帕，埃德温·乔塔去参加昆比
亚（cumbia）舞[①]派对时，碰到了他的兄弟姐妹。乔塔是
带着两个阿沙宁卡女人出场的，两个女人都光着脚，身穿
库什马。他的兄弟姐妹们对他的形象感到恼火。

"埃德温批评了我们。他对我们说，我们都是一样的
人，应该接受我们的种族，还说我们也是原住民。"他的
兄弟埃德加回忆，"他热爱那儿的文化。"

乔塔过去经常提起，他中学时的一位老师就是阿沙宁
卡人，这位老师曾教导他不要对自己的根感到羞耻。曾经
有一件事令他大为恼火，忍不住破口大骂——他有位祖母
就出生在伊基托斯的某个亚马孙原住民社区，可是她的亲

---

① 昆比亚舞：诞生于哥伦比亚的圣·巴西利奥（San Basilio），舞
　蹈融合了非洲和西班牙民族舞蹈元素，是一种欢快的社交性舞
　蹈。——译者注

戚们竟然全都对此矢口否认。这件事终于让乔塔看清了一个事实：无论是政客、商人、市民还是自己的家人，大家都打心底里相信，原住民就是野蛮、贫穷和低人一等的代名词。这令他极其愤怒。

珀拉·乔塔十八岁的时候，才在普卡尔帕再次见到父亲。那次重逢让她认识到，当一个阿沙宁卡人对她父亲来说多么重要。当时他的穿着打扮就像一名酋长。"我的第一反应是假装没看到他！"珀拉回忆道。如今的她已是一个二十六岁的苗条女人，三个女孩的妈妈。她的头发染成棕色，黑色的眼睛充满活力。那次见到父亲的时候，她还在一个烤鸡店做服务生。他们是在一个亲戚家见面的。埃德温·乔塔对她道歉，说自己"是个坏爸爸"，把幼小的她丢给一个姨妈照顾。他希望女儿能理解，他之所以离开她，是"去为某些重要的事情战斗"。珀拉记得，他们在一起待了好几个小时，说话、哭泣、拥抱，然后一起出去吃晚饭。第二天，乔塔带她去乌卡亚利河对岸的一个阿沙宁卡村庄——他从前在普卡尔帕做生意时，经常在那儿逗留。在那儿，父亲介绍她和两个幼小的弟弟认识。

"和我一起走走吧。"她记得，父亲是这样说的。

珀拉当时不太明白父亲的意思，但是能重新和他在一起，她感到很开心。可是他们的和解并没能维持多久。过了几天，乔塔和几个外国人一起用午餐时，看见女儿在街上，便扬声召唤她过去，以便向朋友们介绍她。珀拉说，她当时没有注意，没有听到他的招呼，一直往前走远了。几个钟头以后，他们再次见面时，父亲指责她："你以我为耻，因为我是一个阿沙宁卡。"他们朝对方大喊大叫，狠狠吵了一架。最后，她把他送的彩色种子串成的手镯丢还给他，转身就走，连一声"再见"都没说。八年以后，她在维拉索尔（Villasol）—圣安妮塔（Santa Anita）公交线路上当售票员。那一天，利马的大街灰蒙蒙的，乘客们正排队等着上车，她的手机突然响了。打电话的人告诉她，她的父亲上了新闻。

"他从来都不关心我，可是我知道了他的所作所为之后，还是感到欣慰。"我和珀拉·乔塔见面时，她用颤抖的声音说，"他以前对我说过：'你的父亲会成为一个伟大的人。'可是，为了兑现这句诺言，他竟然得把命送掉。"

从20世纪90年代后期开始，埃德温·乔塔和萨维托部落的阿沙宁卡人眼睁睁地看着身背砍刀和猎枪的伐木者成群结队来盗伐他们的树木，然而他们无能为力。这些人将砍下来的树干运到上塔马亚河和普塔亚河（Putaya）的上游，木头从那儿往下漂流一个多星期，就到了普卡尔帕的锯木厂。乔塔向当局举报了这些强盗和窃贼，得到的答复是：他们可以派人过去调查，条件是由他负责支付调查员去热带雨林社区出差的船费、食物和燃料。

"谁来保护我们？谁来保卫我们的森林？"乔塔在接受《纽约时报》的几名记者采访时，不断追问。这些记者是前往锯木厂调查非法砍伐情况的。"我们正在遭受死亡威胁。我不怕死！根本没有法律可言！他们没有钱进行调查，只有钱进行破坏！"

有一个人曾经在与乔塔见面后，试图帮他伸张正义。2013 年 4 月的某天上午，埃德温·乔塔拜访了检察官弗朗西斯科·贝罗斯皮（Francisco Berrospi）的办公室，向他反映说，他的社区内有八百棵龙凤檀①和雪松被非法砍

---

① 龙凤檀：这种木材的市场俗称。秘鲁称为 Shihuahuaco，圭亚那称为库马鲁（Kumaru），包括香豆树在内的三个硬木树种。龙凤檀也是濒危的短翼鹰、金刚鹦鹉和其他洞巢鸟的重要栖木。它是秘鲁最常出口到邻国的树种。——译者注

伐，目前正躺在普卡尔帕港口的锯木场里。

贝罗斯皮是一名律师，出生在瓦努科（Huánuco）——一个既有降雪，也有温暖山谷和云朵般森林的地方。他回忆说，和这位阿沙宁卡人领袖见面后，他领悟了，作为一名公务员，他的工作职责绝不仅限于收集证据，好在法官面前对付那些盗伐者。

"埃德温对森林的关怀极其强烈，而且他懂得如何向别人传递这份关怀。"一天下午，在利马市中心的一家咖啡馆里，这位前任检察官这样对我说。他长了一个坚毅的下巴，戴着玳瑁边眼镜，身穿深色西装。

2013年的时候，贝罗斯皮还在全秘鲁锯木厂最多的地区——乌卡亚利担任环保检察官，虽然他在那里只干了五个月。那天上午，他决定接受乔塔的举报。他从办公桌后面站起身，把检察官的徽章挂在脖子上，和乔塔一起出发去了港口。

"您摸一摸。"在锯木场里，乔塔拉起他的手，放在巨大的龙凤檀树干上。这种树的寿命长达七百年，如今却面临着绝种的危险。"有没有感觉像一位去世的亲人？"乔塔问他。

当天下午，在锯木场里所有木料被没收后，乔塔回到检察官办公室，发现一个怒气冲天的男人正在等着他。那人名叫雨果·索里亚（Hugo Soria），他声称自己是被没收的木料的主人。"萨维托部落会有人丢掉性命的！我会举报你是个毒品贩子！"这个木材商人在另一位检察官面前辱骂他。那位检察官事后对这个威胁作了书面记录。

从那以后，关于乔塔的各种谣言沸沸扬扬，甚嚣尘上。有人说他来自维拉埃木（Vraem）——中部雨林中一个处于贩毒分子威胁之下的山谷；说他在萨维托种植古柯叶，还拥有提炼古柯类毒品的反应坑；说他向巴西走私毒品，正在被联邦警察缉拿；说他用不法收入在普卡尔帕购房置业；说他为了杀害仇家的牲口，往河里投毒；说他本人就是一个非法伐木者；说他的真名不叫埃德温·乔塔·瓦莱拉，这是他为了逃避法律制裁而改的名字……乌卡亚利生态林业公司的代表向乌卡亚利的刑事检察官办公室举报了上述所有"事实"。这家公司是拿到萨维托土地的开采特许权的企业之一，此举便是他们针对乔塔的指控而进行的打击报复。检察官办公室和缉毒警察对乔塔进行了长达一年的调查，最终一无所获。这个案子在 2014

年被关闭，但死亡威胁和口头诽谤仍然持续不息。埃德温·乔塔已然成了不法之徒的眼中钉、肉中刺。

木材贩运虽属林业范畴，却和贩毒生意有一样的模式。它与生产、贩卖可卡因唯一的不同点在于：法律并不禁止砍伐树木。只要你能搞到文件，证明这些木材有合法来源，就可以贩卖它们。树木一旦倒下，你要做的事就很简单了：只要证明它的来源有合法授权就行。问题在于，办理这些手续的过程极其容易被腐败侵蚀。

专门调查生态环境犯罪的环境调查署（EIA）在2012年的报告《洗白机器》（*The Laundering Machine*）中专门阐述了这套洗白机制是如何运转的。在秘鲁林业法的管辖下，每家伐木公司必须呈交年度报告，就其所获特许经营权的地块，列出当年计划砍伐的所有树木。然而，公司常常会把相邻地块上生长的树木也塞进清单。这就意味着这些伐木公司能够得到批准，销售根本不属于自己的好几百立方米木材。由于根本没有人会去森林里现场检查，事情就变得很简单了：他们声称砍伐的是有许可证的树种，实际上运到木材加工厂的却是另一种濒临灭绝的树木。他们说自己是在得到允许的地块上伐树，实际上却是在原住民社区里面肆意砍伐。他们会砍掉七百棵树，上报三百五十棵。在秘鲁，有八百万公顷的森林被授权砍伐，这个面积大致相当于一千一百万个足球场连起来那么大。《科学报告》（*Scientific Reports*）曾有一篇文章断言，秘鲁国家政府颁发的特许经营权中，有百分之六十以上为洗白非法木材充当了保护伞。[4]

"不仅法律允许砍伐的地方，而且其他地方到处都有人砍伐。"环境调查署秘鲁项目的主任朱莉娅·乌鲁纳加（Julia Urrunaga）说，"想偷走那些树就必然要侵犯许多人的权利。可是天高皇帝远，在首都根本没人关心这些事。"

在政府许可的加持下，木材洗白每天都在发生。用于洗白木材的文件都是充满了虚假信息的官方许可证，在黑市上轻轻松松就能买到。根据秘鲁现行法律要求，只有某些濒临灭绝的木材种类是可追踪的，因为申领出口许可证需要填报信息——比如在美国用于制造顶级家具的雪松（cedar）和桃花心木（mahogany）。但是，还有一些珍贵树种就根本无法追踪了，比如卖往东亚的用于制作镶木地板的柚木。虽然出口商必须提供所有树种的木材的来源信息，但在实际操作中，对出口业务并无此项强制性的法律要求，因而许多公司对此根本不予理会。当那些树被锯成木板、运抵海关时，再要追溯它们的来龙去脉，难度就跟追踪蚂蚁的脚印差不多了。

我在普卡尔帕城郊的一间办公室拜访工程师马西亚尔·佩佐（Marcial Pezo）时，他坦然承认："我们没有资源，无法检查运出去的木材是不是全都合法。只要木材有官方文件，我们就得放行。我又不是神仙。"

佩佐主管的林业和野生动物管理部门负责颁发伐木许可证。就在他的办公室外面，堆放着数百根被没收的原木：古巴香脂（copaiba）、卡塔瓦（catahua）、莫埃纳（moena）、卡什姆（cashimo）、伊什品戈（ishpingo）、卡皮罗那（capirona），还有其他许多有着古老名字的树木。它们全都默默地在潮气和雨水中腐烂。有些木材会被退还给所谓的主人，他们只要过来出示一下"合法文件"就可以带走。佩佐的办公室里摆放着一对用没收的原木制作的扶手椅。乔塔也曾经来过这间办公室，尝试为萨维托申请土地所有权（但没有成功）。

到 2014 年（即埃德温·乔塔被杀害的那一年）为止，乌卡亚利地区主席乔治·委拉斯开兹（Jorge Velázquez）

已经收到了一百多项关于滥用基金的举报。负责管理采伐业务的地区副主席被国家政府以"洗白非法木材"的罪名处以罚款。有多名林业调查员被举报签署了欺诈性的许可证，但他们仍然留在原岗位上继续工作。事实上，在呈递到检察官办公室的举报中，十件有九件都是关于非法砍伐树木的投诉，然而绝大多数最终不了了之。而这不过是腐败的制度仍在大行其道的迹象之一罢了。根据世界银行的报告，秘鲁出口的木材中，百分之八十的来源都是非法的。2014 年，国际刑警组织（INTERPOL）和世界关税组织（the World Customs Organisation）在秘鲁开展了一项针对森林盗伐的行动，短短三个月截获的木材就足以装满约七百辆装卸卡车。在这项行动的过程中，秘鲁的木材出口数量减少了一半。秘鲁每年都会因为非法贩卖木材损失约2.5 亿美元的税收，比同期的合法林业总收入还高。

洗白非法木材是一桩利润极其丰厚的生意，除了运输成本以外，其他费用都很低，并且木材贩子无须为支付体面的薪水或遵守环保规定而操心。在秘鲁的热带雨林中，伐倒一棵大树可以产出三立方米左右出口级别的木材，简直令不法之徒兴奋得直摩拳擦掌：一立方米桃花心木能卖到一千七百美元，一立方米雪松价值一千美元。当这些木材被运到美国、投入市场时，价格还会翻三倍。全世界的木材生意中有百分之三十是非法的。根据联合国环境规划署的统计，这些非法交易的总值高达每年 1520 亿美元，是苹果、谷歌和脸书 2017 年收入总和的两倍。而且它比股票市场的风险要小得多：在巴西、菲律宾、印尼和墨西哥进行的一项研究发现，非法木材生意的罪行遭受惩罚的可能性仅为 0.082%。在政府治理能力低下、腐败横行或陷于政治冲突的国家，情况最为恶劣。

乍一看，非法采伐树木的罪行远不如贩毒那么严重。可卡因是一种令人上瘾的物质，而来自亚马孙的木材却是用来建造房屋、制造桌椅和其他家具的材料。并没有多少人知道，在上塔马亚河域的热带雨林里，与在秘鲁丛林的其他地区一样，原住民形同奴隶，在极其恶劣的条件下砍伐树木；伐木营地负责做饭的女人被木材贩子强奸；不接受贿赂的原住民领导人和公务员遭受威胁，甚至惨遭杀害。联合国认为，木材贩运生意堪与非洲的"血钻"（blood diamonds）相提并论——后者曾为战争和大规模侵犯人权行为大量输送资金。然而，在位于亚马孙热带雨林边缘的城市普卡尔帕，政府当局虽源源不断地接到举报，却没有人愿意认真调查。在秘鲁，还从未有过一个伐木者因为盗伐或贩运树木被投进监狱。

"在这里，不合法的事情可以变得合法。要耍诡计、送点贿赂，就能搞定一切。"前任检察官弗朗西斯科·贝罗斯皮对我倾诉着往事，不时抬手调整一下蓝色的领带结。

2013 年，他为了完成绝大部分调查工作，不得不出差去遥远的热带雨林地区走访。然而，他的部门既没有船，也没有直升机（可以把他送进那些无法靠双脚走进去的伐木地块）。当他查获卡车、链锯和原木时，法官往往会强迫他退还原主。行贿受贿早已成了家常便饭，甚至有个反腐败检察官鼓励他收下别人送来的五千美元并撤销调查。"你听我的，"他记得这位同事是这样说的，"在这儿，你一年赚的钱就够给自己盖栋房子、买辆车了。何乐而不为？"有一次，贝罗斯皮查获了七十根原木，可是很快便有一位法官命令他把这些木头还给伐木者。

"你知道她是怎么对我说的吗？"这位检察官不禁流露出讽刺的微笑，"她说，如果热带雨林里还有好几百万棵树，我怎么能为了区区七十根木头就把人送进监狱呢？"

贝罗斯皮变成了别人眼中的讨厌鬼、绊脚石。不时会有人半夜打电话威胁他："总有一天弄死你，你这条臭狗！你以为你是谁？想当英雄吗？" 2013 年 8 月，这位检察官从一架秘鲁空军的轻型飞机上查获了一箱走私的桃花心木树籽，重达二十四公斤——在欧洲，这种树籽每公斤价值六千美元。仅仅过了两天，他便因为"内部原因"被撤了职。很快，在埃德温·乔塔的协助下从普卡尔帕的锯木厂查获的八百根原木也被退还给了那个怒火中烧的伐木者雨果·索里亚。又一桩案子就这样了结了。

"我感到十分挫败，气得大喊大叫。"贝罗斯皮承认。他紧皱眉头，声音低沉。"但是乔塔没有。他也抱怨了几句，但随后就平静下来，摇着头喃喃自语说，他们怎么就不肯调查呢。他说我与大自然脱节了，才这么容易发疯。他建议我光着脚去泥地上走一走，与土地建立联系。托尔斯泰说，人们面对森林，眼里却只有柴火。埃德温向我表达的也是差不多的意思。正因如此，我始终记得他在锯木厂让我抚摸那根木头的情形。那时我感受到了真实的悲伤，就像在葬礼上感受到的一样。"

埃德温·乔塔最后一次去利马是 2014 年 7 月，他去参加独立日庆典[①]。由于他的投诉在普卡尔帕一直被人置若罔闻，他便借此机会拜访了中央政府的各个机构，再一次呈递他的请求。他去了国会；他去拜见了部长会议的主席代表；他向人权监察专员办公室请求帮助；他向林业部门告警。"埃德温坐在那些办公室里等候答复，从黎明等到黄昏，有时等得饥肠辘辘。"马戈思·奎斯佩（Margoth Quispe）说。和我通话时，他在罗马。他曾经担任驻乌卡亚利的人权监察专员，也是乔塔的法律顾问。在所有这些机构中，只有林业资源和野生动物监管局（负责惩罚非法采伐行为）的检查员同意尽快走访萨维托。

在乔塔被杀害的前两天，检查员们抵达了萨维托社区。乔塔陪他们在森林里巡察。他们的检查报告发表时，四名阿沙宁卡领袖已经遇害。在这份报告中，专家们得

---

① 秘鲁原为西班牙殖民地，于 1821 年 7 月 28 日宣布独立。此后，秘鲁政府就把 7 月 28 日这一天定为独立日。独立日当天在首都利马有盛大的游行和阅兵式，由秘鲁总统主持这一活动。——译者注

出的结论是：在萨维托领域内的两份特许经营权的持有
者——乌卡亚利生态林业公司和拉米罗 – 埃德温 – 巴里奥
斯 – 加尔万公司都砍伐了未经授权的树种，并且既没有上
报工作计划书，也没有纳税。十多年来，政府机关人员亲
临现场验证乔塔的举报，这是破天荒头一回。

与乔塔一同被杀害的几个朋友生前曾经告诉乔塔的妻
子，乔塔在那次巡察期间感到十分虚弱，而且没有吃一点
东西，差点就死在外面了。那些把非法营地扎在森林深处
的盗伐者对他发出了威胁。"不管你愿不愿意，我们都会
进来的。"有个人曾一边抚摸猎枪，一边得意忘形地夸口，
"走着瞧，看社区赢，还是我们赢！"

环境保护专家何塞·博尔戈（José Borgo）是支持萨
维托捍卫土地的非政府组织普罗普路斯（ProPurús）[1]的协
调员，也是埃德温·乔塔的好朋友。他六十多岁，深色皮
肤，满头灰发，有一个大大的啤酒肚。一个炎热的下午，

---

[1] ProPurús：音译为"普罗普路斯"，是秘鲁的一家非营利组织，
成立于 2010 年 9 月，十多年来一直致力于森林保护、自然资
源的可持续性利用以及促进秘鲁丛林原住民的平衡和可持续发
展。——译者注

我们在他本人开的"堂·何塞"（Don José）酒吧里见了面。"堂·何塞"开在普卡尔帕的海边，一条用木板铺成的人行道边上，里面熙熙攘攘，十分热闹。港口工人们举起啤酒相互致意，卢乔·巴里奥斯（Lucho Barrios）演唱的昆比亚和波来罗（bolero）乐曲震耳欲聋。

博尔戈和乔塔相识于 2002 年，当时乔塔为社区争取产业所有权的斗争才刚刚开始。这位社区领袖坐船到城里递交文件时，常常会到他的酒吧来，在一个角落里坐一坐。当博尔戈听到乔塔被杀害的消息时，他花了好几天时间，整理了一个两百多页的文件夹，里面有埃德温·乔塔在过去十年中呈交的全部信件、建议书、申请书和投诉书——所有这些材料，全部遭到了无视。博尔戈还在他的橘皮小本里写下了五个姓名，那是他自己列的嫌疑人清单。

"你知道最让我感到无法忍受的是什么吗？"博尔戈问我。他坐在一个摇椅里，没有穿衬衣，身上汗津津的。他把那个名单念了一遍，声音因愤怒而禁不住颤抖："埃德温为了举报这些狗娘养的，提交了这么多材料，可是一件都没有得到受理，一件都没有！"

博尔戈把这些资料转交给了乔塔遗孀的律师。然而，调查启动后的第一年，只有两名盗伐者被作为犯罪嫌疑人逮捕。由于缺乏经费，警方除了搜寻最后一具死者遗骸外，将这件案子冻结了好几个月。

或许因为博尔戈相信那些匪徒终将逍遥法外，那个闷热难当的下午，在木板道上，他告诉我，自己已经收拾好了帆布背包，准备坐船溯流而上去萨维托。他要亲自调查他朋友的死亡事件。

视频网站"油管"（YouTube）上可以找到 2013 年 4 月以来埃德温·乔塔几次接受采访的视频。其中一个采访里，这位阿沙宁卡领袖正坐在他藏身之所的地上。你能看到他用植物种子串成的手镯和牙上的豁口。他的眼神看上去十分疲惫。他说："我会为我的社区做个表率。也许必须有人死去，才能让他们听见我们的呼声。"

这不是他第一次发出这样的预警。早在 2005 年，也就是他首次踏上萨维托土地后的第六年，乔塔就曾经请求秘鲁政府保护他和他在社区的家人，因为非法伐木者威胁要杀死他们。他没有得到任何回音。一年后，他举报一个伐木者正在恐吓阿沙宁卡的领袖们，法院未予理会。他们就这样兜了好几年的圈子：埃德温·乔塔不断举报非法伐木者，后者以死亡威胁回应他，政府则视若无睹，毫无动作。2012年，他又一次向普卡尔帕的环境检察官举报，有不法者在他的社区里破坏森林，但这个案子很快就被关闭了。次年，这位阿沙宁卡领袖用GPS设备标定了每一个非法营地的位置，拍下了伐木者用链锯伐倒巨大树木的照片——这些人只用半个小时，就让一棵百年大树躺倒在地。乔塔把证据和伐木者的姓名一起提交给警方，然而这个案子也被搁置了。2014年，在他被杀害前五个月，埃德温·乔塔又一次大声疾呼，指控同样的伐木者，然后收到同样的死亡威胁，也同样地得不到政府回应。普卡尔帕当局声称没有经费，所以无法去萨维托调查这位阿沙宁卡酋长说的是不是真的。

"我眼前一片茫然。"在边境线上的避难所里，乔塔对着镜头说。这个藏身之处是几个巴西朋友为了保护他找的。"在萨维托，我们找不到管事的机构，政府也不是我们自己的政府。对他们来说，我们好像根本就不存在。"

为了阻止萨维托获得森林的所有权，木材贩子们千方百计想把埃德温·乔塔这块绊脚石搬开。他们试图贿赂他，开出的价码高达一万美元。后来他们指控他从支持原住民的组织那里收钱。再后来，他们便开始动用各种各样的威胁手段：偷走萨维托公共船只的马达；掠夺庄稼和动物；射击竖立在社区外面的欢迎牌和阿沙宁卡人每周唱着国歌升起来的秘鲁国旗。夜里，伐木者会绕着阿沙宁卡人的屋子走来走去，并对着空中放枪。他们散布谣言说，"如果他们继续胡闹"，社区里的"某人"会死。在萨维托，人人都知道，这个"某人"指的正是埃德温·乔塔。

我们深爱的某个人突然过世时，他们最后说的话、我们做过的某个梦，甚至一只鸟儿的啼叫，都常被理解成预兆。乔塔的兄弟姐妹们说，他们得知埃德温·乔塔死讯的前几天，就已经在睡梦中得到了预示。焊工埃德加曾梦见自己家门外站着一只巨大的秃鹫，他不得不抓起一根木棍把它吓跑。商店店员吉尔玛（Gilma）则梦见她在用双手挖掘一个坟墓。面包师费尔南多（Fernando）梦见的是自己在参加一个派对，周围有许多人，场景十分喧哗。

"我现在才明白，那其实是一个葬礼。"费尔南多表情庄重地说，"第二天我就接到了电话，说我的哥哥死了"。

在被枪杀的前一天，埃德温·乔塔本人也做了一个梦，梦见自己站在热带雨林中央的一块空地上，和母亲、祖父和叔叔在一起。可是这些人实际上已经去世好多年了。"他们在召唤他。"乔塔的遗孀朱莉娅·佩雷兹说。她三十多岁，身材苗条、性格安静，看人的眼神充满疑虑。那天夜里，怀着六个月身孕的朱莉娅被丈夫睡梦中的哭号惊醒。凌晨四点钟，乔塔站起身，浑身颤抖，大汗淋漓。他匆匆抓起几条旧牛仔裤、一件长袖白衬衫（后来又换成一件黑色的）以及几双长筒雨靴。他把蚊帐折好，和换洗衣服一起塞进帆布背包，然后整理了一下文件夹，准备赶赴巴西阿克里州的阿匹乌恰。那个阿沙宁卡社区也有一些社区领袖（巴西人）受到同一批伐木者的攻击，他们可以一起策划如何捍卫自己的土地。

那天上午，埃德温·乔塔的举止非常奇怪。"他看上去病恹恹的，几乎一言不发。"他的遗孀回忆。他吃不下妻子为他做的早餐，于是她把米饭、肉和炖丝兰打包装好，供他在奔赴边境的两天路程中果腹。乔塔平日并不是一个慈爱的父亲，但他在登上皮克皮克（peque peque）（一种机动小艇）之前，拥抱了两个孩子——七岁的基托尼罗和两岁的特松基里。朱莉娅以为丈夫还没从宿醉中醒过来，因为他前一天晚上在一个小农场的开业式上喝了许多马萨托酒——这是阿沙宁卡人的习俗。

乔治·里奥斯是萨维托的司库，与埃德温·乔塔一同被杀害。他的妻子埃尔吉莉娅·伦吉福对那天的事记得不多。她的记性不好，甚至不记得自己的年龄，也不记得自己的身份证号码，然而有一件事却在她脑海中萦回不去：社区领袖们出发去边境的那个早晨，奇库阿（chicua）鸟叫得出奇得尖锐响亮，异乎寻常。对阿沙宁卡人来说，奇库阿是报告坏消息的鸟。它是在热带雨林中生活的一种矮小雀鹰，长着棕色的羽毛，阿沙宁卡人只要听到它的鸣叫（"奇库阿！奇库阿！"），就晓得要发生可怕的事情了：有人会失去生命——无论是掉进河里淹死、被蛇咬死还是被巫术诅咒而亡。

"你们最好别去。"埃尔吉莉亚恳求他们，"奇库阿鸟都叫疯了，你们会倒霉的。"

"没事。"丈夫努力安慰她，"奇库阿知道些什么？何况我们是四个人一起走。你就为我们祷告吧！就这样吧！"

埃尔吉莉亚给他们做了早餐：煎黑脂鲤鱼（boquichico）

和鲶鱼配炖丝兰。"但是，直到那会儿我都没法放松下来，"她回忆道，"鸟儿是不会随便叫的。"埃尔吉莉亚说，丈夫死后她才想起，她曾经见到过欧里科·马皮斯（Eurico Mapes）——盗伐者、犯罪嫌疑人之一——坐着皮克皮克逆流上行。当时马皮斯便直勾勾地盯着阿沙宁卡的领袖们，似乎在查点人数。

在动身去边境之前，埃德温和埃尔吉莉亚聊了几分钟，提到了他最新收到的威胁。

"我已经在死亡保证书上签字了。"乔塔对这位邻居说。然后他便起身，往森林里走去。

那是 2014 年 9 月 1 日，上午十点钟。

六个小时后，一颗猎枪子弹结束了他的生命。

这几位阿沙宁卡领袖在秘鲁丛林中被杀害后，过了三个星期，一面绘有埃德温·乔塔头像的白色旗帜在纽约的大街上飘扬起来。联合国气候峰会（UN Climate Summit）召开前的几天里，约有五十万人从世界各地赶来，举行了有史以来规模最大的环保大游行。记者、政治家、活动家和各界名流——从美国前任副总统艾尔·高尔（Al Gore）、时任联合国秘书长潘基文（Ban Ki-moon）到演艺明星莱奥纳多·迪卡普里奥（Leonardo DiCaprio）和流行歌手斯汀（Sting）——全都走上街头，呼吁他们的政府针对地球污染和资源掠夺采取具体的行动。秘鲁的活动家们举起了绘有乔塔面容、写着几位被害阿沙宁卡领袖姓名的旗帜，要求惩办凶手。那时，《华尔街日报》（the Wall Street Journal）、《国家地理杂志》（National Geographic）、英国广播电台（BBC）和西班牙《国家报》（El País）已先后报道了乔塔被谋杀的新闻，以及他为了保护自己和家人赖以生存的森林不受掠夺而进行不懈斗争的故事。巴西《圣保罗页报》（Folha de São Paulo）高度评价乔塔是"当代的奇科·门德斯（Chico Mendes）"[1]，认为他堪与那位著名的巴西橡胶割胶工和活动家比肩（门德斯在 20 世纪 80 年代为了保护亚马孙森林而惨遭杀害）。利马的媒体称埃德温·乔塔是"热带雨林殉道者"。而在旅居纽约的秘鲁人眼中，这位阿沙宁卡领袖有着更为重要的象征意义：人当无畏风险，为信念而战。

---

[1] 奇科·门德斯：巴西橡胶工人、工会领袖和环保主义者。他为保护亚马孙雨林而战，并倡导巴西农民和土著人民的人权。于 1988 年 12 月 22 日被一名牧场主暗杀。——译者注

　　然而，在距离游行队伍五千多千米的远方，在安第斯山脉的另一侧，埃德温·乔塔出生和长大的普卡尔帕港口，几乎没有人知道他是谁。"乔塔？我在新闻上看到过。他就是那个被人杀死的'阿查宁戛'，是吧？"店主弗朗西斯科·穆尼奥斯（Francisco Muñoz）答得有些迟疑。街景摄影师乔治·阿利亚加（Jorge Aliaga）则话中带着警惕："他和野蛮人混在一起。那些人都是不开化的，过去经常吃人。现在他们也会攻击你，朝你射带火的箭。"渔夫圣地亚哥·卢纳（Santiago Luna）回忆说："他坐过我的船。他是个好人。"在木板路上，保安理查德·罗迈纳（Richard Romaina）说："在这儿，普卡尔帕，没人认识他。他们是原住民社区的首领，他们待在那边。""他就是那个穿着袍子四处走动的男人，整张脸都画着花纹。"食品店主露易莎·里维拉（Luisa Rivera）说，"你知道他们为什么要杀他吗？"

　　做一名捍卫领土的活动家极易遭受误解，十分吃力不讨好。不仅如此，如今这还意味着要做好随时被人杀掉的准备。在全世界，每星期就有四名环保主义者被害，遇难者的名单已长得触目惊心。2001 年，原住民领袖基米·佩尼亚（Kimy Pernía）因为反对一座水库的建造，被哥伦比亚准军事武装力量杀害；2003 年，厄瓜多尔的安吉尔·辛格雷（Ángel Shingre）因为把一家石油公司告上法庭而遭到绑架和枪杀；2009 年，墨西哥原住民马里亚诺·阿巴尔卡（Mariano Abarca）因为抗议一家矿业公司而在家门外被枪杀；2011 年，刚果人弗里德里克·莫洛马（Frédéric Moloma）在一次抗议非法砍伐的活动中被警察殴打致死；2012 年，柬埔寨活动家楚特·伍蒂（Chut Wutty）因为公开谴责非法砍伐而被士兵杀害；同一年，菲律宾原住民领袖吉米·利古恩（Jimmy Liguyon）因反对一个采矿项目，被当着他妻子的面射杀；2015 年，洪都拉斯妇女贝尔塔·卡塞雷斯（Berta Cáceres）因反对在伦卡（Lenca）人的圣河上建水坝而在家中被枪杀。根据全球见证组织（Global Witness）的统计，在过去的十二年中，全球有一千多名环保主义者遇害身亡。在一个资源稀缺的星球上，保卫一片森林或一片土地，绝非那些娇生惯养的理想主义者或环保说客想象中的那般轻而易举，相反整个过程可能十分惨烈：2011 年，为了恐吓举报非法砍伐的人，几个职业杀手枪杀了一对正在捍卫自然资源的巴西夫妇，随后还割掉了他们的耳朵。

全球见证组织还告诉我们，在环保活动方面，2017年秘鲁在全世界最危险的国家里排名第七，在美洲最危险国家里则位居第四——仅次于巴西、哥伦比亚和墨西哥。2008年，玻利维亚边境一个小镇的副镇长朱利奥·加西亚·阿加皮托（Julio García Agapito）截停了一辆非法运输桃花心木的卡车，事后便在当地林业管理办公室里身中八枪，凶手却逍遥法外。2013年，两个骑摩托车的职业杀手枪杀了杰出的阿沙宁卡领导人毛罗·皮奥（Mauro Pío）。在长达二十年的时间里，皮奥一直在为他的土地争取所有权，并要求驱逐侵犯其社区的林业公司。在21世纪的头二十年里，有八十多名秘鲁人由于类似原因遭到杀害，而这个数字还仅算上我们已经知晓的那些案子。

"我们感到最危险的事情是，本来应当保护我们的国家，却随时会背叛我们。"知名的阿沙宁卡领袖鲁思·布恩迪亚（Ruth Buendía）在听说埃德温·乔塔的死讯时，这样对我说。布恩迪亚曾与巴西的奥德布雷希特（Odebrecht）公司斗争，阻止他们在原住民的土地上建造水库。"政府抛弃了我们，任由罪犯胡作非为。"

直到生命的最后一天，乔塔都在做准备工作，计划将萨维托的案子呈交美洲人权法院。[①] "只要我们没有获得授权，伐木者就不会尊重原住民的所有权。"这位阿沙宁卡领袖对《国家地理杂志》的记者斯科特·华莱士（Scott Wallace）说，"他们威胁我们，恐吓我们。他们手里有枪。"那是 2013 年，华莱士为了调查盗伐桃花心木事件而拜访萨维托。华莱士在报道中写道，迫于威胁，乔塔经常不得不走上两天的路，去寻求巴西境内阿沙宁卡人的庇护。后来，人们正是在这条小路的边上发现了他和几个朋友的遗体。

埃德温·乔塔被枪杀后，过了几天，他的两个妹妹从一位叔叔那儿得知了他的死讯——那时她们已经有十年没见过这位兄长了。随即她们在网上读到了华莱士的文章。极度悲痛的妹妹们唯一能想到的，就是在杂志网站上留言，希望能引起媒体的关注：

---

① 美洲人权法院（Inter-American Court of Human Rights）：1979 年在美洲人权公约的基础上设立，是美洲人权保障的司法监督机构。——译者注

露兹·乔塔·瓦莱拉，秘鲁，9月9日，下午1：21

我们是埃德温·乔塔·瓦莱拉的妹妹。对于发生在哥哥身上的事情，我们深感悲痛。我们的名字是索妮亚（Sonia）·乔塔·瓦莱拉和露兹·乔塔·瓦莱拉。我们居住在利马。我们为哥哥感到痛苦绝望。他的身体被野兽吃掉了。我们的电话号码是 ******。我们看到了您的报道，但我们不懂英语。我们地位低下、为人简单，但和我们的哥哥有着同样的原则。他曾为自己的生命安全、阿沙宁卡兄弟姐妹们的生命安全大声疾呼，但我们国家的政府什么也没做。这一切太不公平了。如果您能帮助我们伸张正义，我们将深为感激。这不仅是为了我们的哥哥，也为我们的人民、我们的大自然。我还不知道您是否已经听说了我们家人的悲剧。非常感谢！

露兹和索妮亚不得不向人借贷，又把电视机和音响当掉，才凑够钱买了两张长途大巴车票。经过二十四小时的长途颠簸，她们终于到达普卡尔帕，辨认哥哥的尸骸。此后又过了一段时间，她们便搬到智利的圣地亚哥生活了，在一家餐馆里打工。

与此同时，在关于这桩谋杀案的新闻发布两天之后，警察局的初级警员卡洛斯·纳帕科（Carlos Napaico）正准备搭乘一架 Mi-17 直升机去库斯科（Cusco），任务是平息天然气开采引起的社会动荡。他在登机时接到上级指挥官的电话，改派他去执行一项新任务：他和七十名同事——全是"反颠覆"警察——要立即飞往位于巴西边境的上塔马亚河域热带雨林，去寻找"某个阿沙宁卡人"的尸体。

为了寻找那具尸体，这位没有配备任何专业潜水设备的警员跳进了那个浑浊发臭的泥水坑。在阿沙宁卡猎人杰米·阿雷瓦洛的协助下，经过五天的搜寻，初级警员纳帕科终于找到了乔塔的遗骸。由于没有可通信的无线电设备，他们只得把乔塔的遗骨装进袋子，紧紧扎好，然后在几个用树枝临时搭起来的棚子里等着。他们靠金枪鱼罐头和苏打饼干果腹，熬过了两个湿漉漉的雨天，才等来了军方的直升机。对二十八岁的纳帕科来说，这个阿沙宁卡领袖的遗骸便是他的"离场券"：他和同事们只要找到这具尸体，就可以撤退了。

一名先行者一旦成为烈士，人们就会怀念他，将其视为自己奋斗的化身。如今，埃德温·乔塔死了，在其追随者的心目中，他便成了多重意义的象征：对非法伐木的抵抗；对原住民权利的捍卫；为永不到来的正义而进行的孤军奋战；以及一个农村男人独自面对国家机器的奇特勇气。然而对于萨维托的四位遗孀来说，丈夫的死亡只是证明了阿沙宁卡人需要付出多大的代价，才能让外界听到他们的呼声。

"好像没有财产所有权，我就一文不值似的。"埃尔吉莉娅·伦吉福对媒体说。她是四位遗孀之一。当时是 2014 年末，她去了利马，向媒体讲述她的案件。"我们照顾水源，守护森林，但不只是为了自己，同时也是为了那些在城里生活的人。我们并不贫穷。我是富有的，在我的土地上，我什么都有。那些偷走我们东西的伐木者才是穷人。"

这几位萨维托妇女下定决心要把丈夫的遗愿坚持到底——直到萨维托的阿沙宁卡人成功获得土地所有权为止。乔塔的前伴侣戴安娜·里奥斯（她的父亲是与乔塔一同遇害的三位死者之一）去纽约接受了亚历山大·索罗斯基金会①

---

① 亚历山大·索罗斯基金会（Alexander Soros Foundation）：成立于 2012 年，是由亿万富翁乔治·索罗斯之子亚历山大·索罗斯创立的私人基金会，其既定使命是促进社会正义和人权，同时也关注环保主义、教育、文化事业。——译者注

颁发的年度奖项——追认这几位已牺牲的原住民领袖为环保英雄。同时她还得到一笔赞助乔塔未完成项目的资金。此外，乔塔的死亡令秘鲁政府终于启动了授予萨维托土地所有权的进程，并投资约三十万美元用于种植可可树和药用植物，以及恢复木材产区的植被[5]。2014年，秘鲁总统乌马拉承诺彻查凶杀案，然而直到 2018 年 9 月（距罪行发生已过去了四年）这项调查仍未结案，而审查期间被捕的四个人（其中包括嫌疑人之一的马皮斯）却已被释放了。

"他们信誓旦旦，有求必应，但全是口头说说的。除了空话连篇，什么都没有。"乔塔的遗孀朱莉娅·佩雷兹对着记者的镜头说，"我们从来看不到结果。"遗孀们害怕她们返回社区后，盗伐者也会对她们进行报复。

埃德温·乔塔的家人无法安葬他的遗骸，直到他被杀害后五个月，才终于办成此事。包括当地代表、活动家和亲朋好友在内的一百多人在普卡尔帕公墓参加了他的葬礼。乔塔的遗骨被火化了。他的遗孀怀抱婴儿，将骨灰放进一口白色棺材里。但这一切在新闻媒体上几乎毫无反响。

埃德温·乔塔生前便有预言：或许必须有人死去，才能让人们听到他们的声音。然而那些和他最亲近的人却说，这还不是最令他烦恼的事情。"他说他已经接受了这个事实，知道自己随时会死。"社区律师马戈思·奎斯佩说。作为社区里唯一有读写能力的领导者，乔塔最担心的是，其他阿沙宁卡人都没有受过足够的教育，没有能力继续对付非法伐木者。"所以他一直在教其他领导者读书写字，"奎斯佩说，"可是，如今他们全都死了。"

乔塔的邻居、已成了遗孀的埃尔吉莉娅·伦吉福现已成为萨维托的新领袖。她说她不害怕。即使要冒生命危险，她也会继续捍卫森林，举报非法伐木者。令她烦恼的只有一件事——"问题是，我不识字。"她说。

注 释

1　胭脂树（Achiote，Bixa orellana）是秘鲁以及巴西、墨西哥的亚马孙丛林中常见的一种热带灌木，其果实里含有红色树籽，早在哥伦布发现新大陆之前就被用作天然染料，今天依然常用于化妆品、纺织和食品工业。——译者注

2　"帕基沙战争"是秘鲁与厄瓜多尔之间一次军事冲突的名称。这次军事冲突始于 1981 年 1 月，目标是争夺对几个边境哨所的控制。这次短暂的战争在同年的 2 月份便宣布结束，但实际上直到 1998 年，随着巴西利亚总统法案（Brasilia Presidential Act）的签署，这个早在 1941 年就已经开始的边境争议才最终得以解决。

3　萨维托阿沙宁卡（Asháninka）又称为"大帕乔纳尔（Gran Pajonal）的阿沙宁卡"，也称为"阿什宁卡"（Ashéninka）。他们是阿沙宁卡民族的组成部分，因为他们共享历史和语言（虽然有些不同），也因为他们传统上居于同一地区：秘鲁中部的热带雨林。2017 年时，阿什宁卡语作为一种民族语言仍在争取获得国家的承认。

4　环境调查署（EIA）在其 2018 年的报告《真相揭晓之时》（Moment of Truth）中陈述，尽管针对非法砍伐、洗白和国际贩运秘鲁木材的斗争取得了进展，制度化的腐败依然盛行。整个伐木行业、主要管理部门（国家森林和野生动物

管理局）以及其他国家机关都否认或淡化处理这个问题。他们有意识地削弱执法机构，并且减少数据收集，还修改出口条件，导致追踪木材并核实其合法来源几乎成了不可能的任务。

5   2015 年 8 月，在埃德温·乔塔及其朋友们被杀害过去将近一年后，萨维托社区终于得到了大约 300 平方英里（1 平方英里约为 2.59 平方千米）土地的财产所有权。但社区成员们并不满意。他们继续呼吁，要求抓捕杀害领袖们的凶手。他们说，非法伐木者仍然在威胁他们。

第二章

黄金

愚蠢使得人类仅因金银稀有便将其看得贵重。而自然却如同慈母一般，慷慨地将最宝贵之物赐给我们，比如空气、泥土和水；又将所有空虚无益之物收藏起来，使其远离我们。

——托马斯·莫尔（Thomas More）
《乌托邦》（*Utopia*）

一直以来，人们都说秘鲁是一个坐在黄金板凳上的乞丐。如果这句话意指秘鲁自甘贫困，而巨大财富唾手可得，那就大错特错了。

——豪尔赫·巴萨德雷（Jorge Basadre）[1]
《对秘鲁历史命运的沉思》
（*Meditations on the Historical Destiny of Peru*）

---

[1] 豪尔赫·巴萨德雷：全名豪尔赫·阿尔弗雷多·巴萨德雷·格罗曼（Jorge Alfredo Basadre Grohmann，1903—1980），秘鲁著名历史学家，有关于本国独立历史的大量著作出版。曾为两任政府担任教育部长，并任秘鲁国家图书馆馆长。——译者注

　　除了不锈钢平底锅和一颗铂金牙齿，麦克西玛·阿库
纳·阿塔拉亚（Máxima Acuña Atalaya）没有任何值钱的
金属制品。她没有戒指、手镯、项链，没有人造珠宝，更
没有真宝石。她很难理解人们对于黄金的迷恋之情。

　　2015年的一个早晨，天气冷得刺骨。麦克西玛·阿
库纳在山脚下忙碌着，一次次举起镐头，利落而准确地破
开岩石。她在为盖新房子准备打地基的材料。她身高不足
五英尺①，却能背起足有自身两倍重量的石块，也能在几
分钟内宰杀一头百余公斤重的公羊。她生活在秘鲁北部大
山中的卡哈马卡（Cajamarca）。每次去卡哈马卡省的首府
时，她都害怕飞驰的汽车会从身上轧过去，然而为了保卫
她赖以生存的土地以及土地上用于灌溉庄稼的丰沛水源，
她却敢正面拦阻冲着她开过来的挖掘机。她不识字，却让

---

①　1英尺约等于0.305米。——编者注

一家矿业公司始终无法将她从自己的家里赶走。在许多农民、人权活动家和环保主义者的心目中，麦克西玛已成为勇气和抵抗的象征。然而，有些人相信国家进步必须依靠自然资源的开发，在他们看来，她只是个既顽固又自私的农民。还有些人把她想得更坏，认为她是一个野心勃勃的女人，为了中饱私囊，千方百计地从一家拥有数百万美元资产的大公司口袋里捞钱。

"别人说我的土地和湖下面有很多黄金。"她说话嗓门很大，乌黑的头发向后梳成一条辫子，长满老茧的双手握着镐头。"就因为这个，他们才想把我赶走。"

麦克西玛的湖名叫"蓝湖"（Laguna Azul），可它看上去灰蒙蒙的。这里位于卡哈马卡群山之中，海拔四千米以上，比肩世界屋脊。这里浓重的雾气笼罩了一切，所有的物体都轮廓模糊。在这儿听不到鸟儿唱歌，也看不到四周的大树、蓝天或花朵——花儿全都在大风中迅速冻僵枯萎了。除了麦克西玛·阿库纳绣在紫红色上衣领口的玫瑰和大丽菊，看不到任何鲜花。现在是一月份。她的棚屋是用泥浆混合石块垒成的，盖着锌皮屋顶，可是已被雨水淋得摇摇欲坠。夜晚的寒冷侵肌刺骨。麦克西玛说，她必须盖一座新屋，可是，天晓得她是不是能盖得起来。

蓝湖离我们只有数米之遥，就在缠绕着我们的那团云雾之外，正对着她那块名为"大喉咙"（Tragadero Grande）的土地。几年前，麦克西玛会和丈夫一起带着四个孩子去湖边钓鳟鱼。亚纳柯察（Yanacocha）矿业公司的计划是把这个湖抽干，用来填埋4.8亿吨岩石、泥浆和有毒废渣。这4.8亿吨废物来自一个用机器和炸药挖出的巨大坑洞。

在克丘亚语中，"亚纳柯察"的意思是"黑湖"。这本来也是一个湖的名字，但那个湖在20世纪90年代初便被抽干了，露出湖底的金矿——这个金矿在开采全盛期被认为是全世界规模最大、利润最高的金矿。在麦克西玛和她的家人生活的地方——卡哈马卡省的塞伦丁（Celendín）湖区下面，藏着更多的金矿。为了开采这些金矿，亚纳柯察矿业公司规划了一个名为"康加"（Conga）的项目。经济学家和政客宣称，这个项目可以让秘鲁直接进入"第一世界"：它将吸引更多的投资，从而带来更多的工作岗位、更好的医院、现代化的学校、高档餐馆和全新的连锁酒店；甚至还能像乌马拉总统2012年承诺的那样，为首都带来一条地铁线。诚然，为了实现这一切，难免要做出某些牺牲。作为康加项目的一部分，离麦克西玛的家一千米远的一个湖将先被抽干，变成露天金矿，开采殆尽后则用于填埋附近另外两个湖里产生的矿渣——其中之一便是蓝湖。麦克西玛说，如果这个计划变成事实，她将失去一切：约二十五公顷的土地；土地上因湖水灌溉而长得茂盛的羽毛草（ichu）和其他草类；能提供木柴的松树和矮种龙鳞木（queñual）[1]；她的小农田出产的马铃薯、乌卢库薯（一种根茎类蔬菜）[2]和豆子；以及她的家人、五头羊和四头牛所需的饮用水。他们从前的邻居都已将土地卖给了这家公司，乔佩－阿库纳一家成了紧挨着矿业开采区生活的唯一人家，而且就住在康加项目区域的正中心。他们发誓永不离开此地。

---

[1] 龙鳞木：生长在安第斯山区高海拔处，主要分布于秘鲁和玻利维亚。其特点是树皮如被鳞片覆盖。树皮被分成许多薄层，像纸一样，因而又被称为"纸树"。——译者注

[2] 乌卢库薯：南美安第斯地区种植最广泛、经济上最重要的作物之一，仅次于马铃薯。它是草本植物，在地下长有富含淀粉的球形或细长块茎，大小与马铃薯相似。其表皮为黄色、粉红色或紫色，颜色鲜艳，是安第斯市场上最引人注目的食物之一。——译者注

"社区里有些人很生我的气，他们说都是我的错，弄得他们没有工作。还说金矿没法开采，都是因为我在这儿。可是我该怎么办呢？就这样让他们抢走我的土地和水吗？"

麦克西玛停下手头劈砍石头的活，在黑色羊毛裙上擦着汗津津的双手。她说，她和亚纳柯察的斗争，是从一条新铺的道路开始的。

有一天早晨，她醒来时就发着高烧，腹痛难忍。她的卵巢发生了急性感染，痛得几乎无法起床走动。孩子们雇了一匹马驮她下山，赶往八小时车程以外的小村庄——阿马库乔（Amarcucho）。他们在阿马库乔有个棚屋，是祖母留下来的，她可以在那儿休养康复。一位叔叔留下来照顾他们的农田。三个月以后，到了 2010 年 12 月，麦克西玛感觉好多了，便和她的家人一起返回家中。到家后，他们注意到面前的景色有些异样：原本穿过他们土地的是一条老旧肮脏的小路，现在已经变成了一条宽广平坦的大路。叔叔告诉他们，有几个亚纳柯察公司的工人开着推土机来过了。

亚纳柯察公司的办公楼位于卡哈马卡郊区，麦克西玛便赶到那儿去抗议这件事。她在那儿执拗地等了一天又一天，终于有一名工程师同意见她。她从随身带的编织袋里掏出一张破旧发黄的纸，递给那个工程师。那是她的土地所有权证书。

她记得当时的情形。"那片地是属于矿上的。"工程师看着那份文件，十分怀疑地说，"索罗丘科（Sorochuco）社区十五年前就把它卖掉了。你是说，你不知道那件事？"

农妇十分震惊和恼火，连珠炮般提出无数问题。这怎么可能呢？她明明是 1994 年从丈夫的叔叔手上买下这片土地的呀？她怎么可能花了好几年的时间照顾别人的牛，并且还能靠挤牛奶攒下钱来？当初她可是支付了两头公牛才换来那块地，每头牛差不多值一百美元。亚纳柯察怎么可能是"大喉咙"的主人呢？她有文件在手，文件上写的明明相反嘛！

那天下午，那名工程师把她从办公室赶了出去，对她的问题一个都没回答。

半年过去了。2011 年 5 月，就在麦克西玛·阿库纳四十一岁生日的前几天，天刚蒙蒙亮，她就起了床。她得赶去一个朋友家里，帮她织一条羊毛披肩。等到麦克西玛返回家中时，她发现关着豚鼠的畜栏翻倒了；种着马铃薯和乌卢库薯的地被捣得稀烂；她丈夫杰米·乔佩（Jaime Chaupe）收集起来准备建新屋的石块散了一地；而棚屋已经变成了一堆灰烬。第二天，麦克西玛和杰米走了好几个小时，下山去索罗丘科警察局举报亚纳柯察的恶行。

"我已经跟工程师们谈过了，他们说这块地已经卖掉了。"警察局长让他们在办公室外面的毒日头下苦等了五个小时，然后这样答复他们。

"其他人也许把地卖掉了，但我的地没有卖。"麦克西玛手里抓着证书，坚持道。

"好吧，但愿你没卖。因为如果你卖掉了，你就真的有大麻烦了。"

麦克西玛和杰米拒绝离开警察局，直到一名警察给他们的投诉做了笔录。警察说，他们应该把那份文件送到塞伦丁的检察官办公室去。他们听话照办，但一切还是老样子。几天以后，一名省里来的检察官直接退回了他们的投诉，理由是：没有足够的证据证明矿业公司攻击了他们。

回到"大喉咙"，乔佩－阿库纳夫妇别无选择，只能用羽毛草重新盖了一个棚屋暂住，并继续劳作，以把日子过下去。然后就到了八月份。麦克西玛和她的家人对我详细描述了八月上旬发生在他们身上的一连串暴行。讲述时，他们依然忧心忡忡，害怕这样的事情会一再发生。

整个过程历时五天有余。

8月8日，他们正在蒸马铃薯、煮牛奶当早餐，一名警察突然出现在棚屋中，一脚把平底锅踢翻，喝令他们从这块地上滚出去。他们留在原地没动。

8月9日，几名警察和亚纳柯察的安保人员掳走了他们的财物，推倒了棚屋，还放火把它烧了。

8月10日，全家人只能露天睡觉，把成堆的羽毛草盖在身上抵挡严寒。

8月11日，一队戴着头盔、手持防暴盾牌、棍棒和步枪的警察冲过来驱逐他们，还开来一辆挖掘机。麦克西玛最小的女儿——十五岁的吉尔达（Jhilda）跪在挖掘机面前，阻止它开进来。一名低级警员用枪托击打吉尔达的后脖颈，让她滚开。与此同时，几名警察用棍棒抽打她的母亲和兄弟姐妹，驱赶他们离开道路。这时，麦克西玛的大女儿伊西多拉（Ysidora）打开了她的手机摄像功能，录到了接下来的场景。这段录像视频长度只有一两分钟，你可以在油管视频网站上看到：她的母亲在尖叫；她的妹妹倒在地上不省人事。亚纳柯察的工程师们远远地站在他们的白色卡车旁边观望着。警察已收队，准备离开。

8 月 12 日是 2011 年卡哈马卡省最寒冷的一天。乔佩 - 阿库纳一家人在草原上零下七摄氏度的严寒中熬过了漫漫长夜。

面对法官和媒体，矿业公司一再否认这些指控，要求拿证据说话。麦克西玛·阿库纳持有医疗诊单，还有照片显示他们在她两臂和膝盖上留下的瘀伤。那天，警方也出具了一份报告，指控这个家庭的成员用棍子、石块和砍刀攻击了八名低级警员，尽管报告里也承认这些警察并没有从检察官处得到授权，本就无权将他们从土地上赶走。

"你听说了吗？这些湖也要被卖掉。"麦克西玛问我，然后把一块沉重的石块拽到背上，"或者你听说这些河也要被卖掉，而且泉水也不许我们用了吗？"

自从媒体介入以来，麦克西玛·阿库纳的斗争已经为她在秘鲁国内外赢得了众多支持者，但也有不少怀疑论者和敌人。对亚纳柯察公司来说，她是一个土地侵占者。对于活动家们以及卡哈马卡省成千上万的农民来说，她却是

"蓝湖夫人"[1]——随着她不畏强权、奋勇抗争的故事传扬开，人们开始这样称呼她。一名安第斯农妇竟能与拉丁美洲最强大的金矿公司正面抗争，难免令人联想到大卫和歌利亚的古老传说[2]。然而他们之间孰赢孰输与每一个现代人都有关：麦克西玛·阿库纳事件，其实是我们称之为"进步"的不同愿景之间发生的碰撞。

*

依照天体物理学家的说法，地球蕴藏的所有黄金（我们正狂热采集的金属）都是在三十九亿年前跟着一场流星雨从太空降落到地球上的——那时地球还只是一个由岩浆

---

[1] "蓝湖夫人"：英文"Lady of the Lake"又译为"湖夫人""湖中仙女"或"湖中妖女"，是英格兰及威尔士神话中出现的拥有神奇魔法的妖精，是既高贵又邪恶的妖女，主要在亚瑟王传说中出现。公众这样称呼麦克西玛，是略带调侃，实际表达钦佩之情。——译者注

[2] 大卫与歌利亚的传说出自《圣经》。巨人歌利亚是非利士人的英雄，无人能够战胜他。年轻的牧童大卫仅用弹弓和石子便击倒了歌利亚，割下了他的头颅。这个故事常被人引用来比喻以弱胜强。——译者注

组成的巨大球体。按这个理论，金子的确是从天上掉下来的。有一点毋庸置疑：要谈对人类的诱惑力以及搅扰人类心神的能力，没有任何一种矿物质能比得过这种化学元素符号为 Au 的金属——这个符号来自拉丁语"aurum"，意为"曙光"：打破黑暗、迎来黎明的光线。

打开任何一本讲述世界历史的书，我们都会看到，对黄金如饥似渴的占有欲曾经如何引发侵略与战争；强化帝国统治和宗教的强权；导致山地和森林遭受践踏；改变国王和皇帝的命运；激发艺术创作的灵感以及催生恐怖的罪行。以色列的神因为希伯来人崇拜黄金铸的牛犊而降下惩罚，随后却命令他们在拜神之所用同样的材料制作圣幕。埃及法老们相信黄金能确保他们来世的辉煌，要求将自己包裹在"神明的肉身"中下葬①。克拉苏（Crassus）②以为他

① 神明的肉身：在古埃及，人们相信神明的身体是黄金做成的，因此法老去世后，人们用黄金覆盖木乃伊，这既是对永生的迷恋，也是从技术角度保护尸体免于腐烂的手段。——译者注

② 马库斯·李锡尼·克拉苏（约公元前 115 年—前 53 年），古罗马军事家、政治家、罗马共和国末期声名显赫的首富。他以贪财出名，但也相当有政治智慧。克拉苏最后死于战争，头颅被敌人割下，嘴巴里被灌满了熔化的黄金。——译者注

能为罗马军队买到荣光，却被迫吞下熔化的黄金死去。哥伦布认为可以用来自印度群岛的黄金资助一次十字军东征，将耶路撒冷从异教徒手中解放出来，从而为自己赢得一个天堂的位置。印加统治者帕查库提（Pachacuti）每年一度用金粉——"太阳的汗滴"——涂满身体，然后在的的喀喀湖中沐浴以净化自己。西班牙征服者弗朗西斯科·皮萨罗（Francisco Pizarro）在利马的王宫中举行晚宴时被敌人的剑洞穿了身体，死时身边堆积着无数他盗掠来的金银财宝。① 牛顿曾多年投身于炼金术，研究如何将常见的金属变成黄金。热那亚人和佛罗伦萨人将黄金铸造成金币，从而迅速提升了经济实力。阿拉伯酋长们用黄金羞辱他们的对手，将商业智慧与军事实力合二为一。英美两国构建了复杂的金本位金融体系，以保护自己免受货币贬值的影响。当约翰·萨特（John Sutter）的磨坊引发加利福尼亚淘金热

① 弗朗西斯科·皮萨洛，15—16世纪的西班牙探险家、殖民者。他开启了南美洲（特别是秘鲁）的西班牙殖民时期，也是现代秘鲁首都利马的建造者。——译者注

时，赏金猎人们将他赶出了自己的农场。① 许多探险家为了
寻找一座名叫"黄金国"（El Dorado）② 的黄金城市，在亚马
孙热带雨林中丧命或失踪。从被贪婪诅咒的米达斯国王③，
到每年将等身重量的黄金捐给人民的阿迦汗三世④；从南非

---

① 约翰·萨特的磨坊：约翰·萨特（Johann Augustus Sutter，
1803—1880）出生于德国，早先曾在欧洲游荡辗转，后于
1847 年左右落脚在加州萨克拉门托河附近。1848 年冬，萨特
正在建造一锯木厂，他雇用的木匠马歇尔突然发现了黄金，消
息立即传了出去，大批淘金人蜂拥而至。"萨特的磨坊"被视
为加州淘金热的发端。——译者注

② 黄金国出自一个古老传说，最早是始于一个南美仪式，部落
族长全身涂满金粉，并到山中的圣湖中洗净，而祭司和贵族
会将珍贵的黄金和绿宝石投入湖中献给神。关于黄金国的具体
位置说法不一，考古和历史学者的研究，倾向于认为其遗址是
在现今南美秘鲁高原的库斯科（Cuzco），即原印加帝国的首
都。——译者注

③ 米达斯国王（King Midas），希腊神话中的弗里吉亚王。他因
贪财，从酒神狄俄尼索斯那里求得点物成金的"金手指"，最
后连爱女和食物也都因被他手指点到而变成金子。他无法生
活，又向神祈祷，一切才恢复原状。——译者注

④ 阿迦汗三世（Aga Khan III，1877—1957）：印度政治家，伊
斯兰教什叶派的伊斯玛仪派宗教领袖。他的追随者在 1937 年、
1946 年和 1954 年分别为庆祝他成为伊玛目的周年纪念日，用
黄金、钻石和铂金称量他的体重，并将所得收益用于亚洲和非
洲的福利和发展。——译者注

肮脏的金矿到诺克斯堡 ① 经过消毒杀菌的保险库；从孟加拉国的街头集市到伦敦城的金融市场；从奇穆古国 ② 精美的黄金制品到海沟中被人遗忘已久的西班牙大帆船上的金银财宝 ③——这种亿万年前由银河系的陨石带到我们这里来的黄灿灿的金属，始终反映了人类"对永生——终极确定性和逃脱风险——的追求"［金融史学家彼得·伯恩斯坦（Peter L. Bernstein）语］。

黄金对于任何生命体都不是生存必需品。它的作用主要是满足我们的虚荣心和安全感：全世界已提炼出的黄

---

① 诺克斯堡（Fort Knox）是美国陆军的一处基地，位于肯塔基州布利特县、哈丁县和米德县境内。此处除多个军事机构外，最神秘的建筑即美国四大金库之一的诺克斯堡金库，传说为世界上安全保卫等级最高的地堡金库。——译者注

② 奇穆王国（Reino chimú）是历史学和考古学中对南美秘鲁的古代奇穆人所建立政权的称呼。奇穆文化属于南美前印加文化，繁盛于约公元 1100 年至 1470 年，都城为昌昌（Chan Chan）。1470 年被印加帝国灭亡，其特有文化遂逐渐融入印加文化中。——译者注

③ 西班牙大帆船：2015 年，在哥伦比亚加勒比沿海发现了沉没300 多年的西班牙大帆船"圣何塞"号，船上有大量金银财宝。据专家研究，该船是于 1708 年在哥伦比亚卡塔赫纳附近海域被英国舰船击沉，大量金银珠宝随船沉入大海，这些宝藏的价值据说在今天相当于数十亿美元。——译者注

金中，有一半以上都变成了首饰，用于装点成千上万的脖子、耳朵、双手和牙齿；百分之四十用于金融储备，以金条和金币的形式保存在中央银行里；百分之九的黄金应用于电信行业（在手机、计算机、电视机和 GPS 装置内）以及医疗保健科学［作为黄金纳米颗粒，诊断疟疾和艾滋病毒（HIV）以及治疗动脉硬化和癌症］。除此之外，黄金的实际用途还不如其他金属与合金。钢材可以用来建造楼房、轮船、汽车和各种各样的机器，而黄金甚至无法用于锻造工具或制作防身的兵器，因为它太柔软了。可是我们却把黄金称为"贵金属"。它之所以能成为最引人垂涎的金属，是因为它"永生"的品质。钢铁很快就会锈蚀，而化学惰性极强的黄金却能恒久保持不变。无论时间如何侵蚀、大自然如何粗暴蹂躏、人类如何切割揉捏，它依然熠熠生辉。问题在于，可供开采的黄金越来越少。

在有些人的想象中，黄金是成吨开采出来的，然后便由好几百辆大卡车将这些金锭子直接运送到安保极其严格的保险库里去。然而事实上，它是一种极为稀有的金属。假设我们把有史以来得到的全部黄金——按世界黄金协会（World Gold Council）的估计，约有 18.7 万吨——聚拢在一起并熔化，实际上都填不满四个奥运会标准游泳池。地球上最大的金矿正渐趋枯竭，要找到新的资源变得越来越难。目前地球上露天的金矿，有一半以上已在过去五十年中被开采完了，而尚未开采的矿石中只有微量埋藏于荒凉的山脉与湖泊之下。

人们必须挖掘重达五十吨、足够装满四十辆搬运卡车的矿石，才能得到一盎司 ① 的黄金——差不多够打造一枚结婚戒指。挖掘后的地表景象与这点成果的对比异常鲜明：矿业公司在大地上留下的疤痕无比巨大，甚至从太空也看得到；提炼出来的黄金颗粒却又那般微细，一根针头就能容纳二百粒之多。

地球上最后仅存的黄金矿藏之一，恰好就在卡哈马卡的山峦湖泊下面。早在二十世纪初，亚纳柯察矿业公司就已经在那里开矿生产了。然而就在同一片安第斯山地上，有成百上千的农民在生活、劳作，且已绵延数代，麦克西玛·阿库纳就是他们当中的一员。这个女人就住在金矿的尖尖上，却从未见过或触碰过一点点这种黄灿灿的金属。

---

① 1 盎司约等于 28.35 克。——编者注

这东西对她来说，一点用处也没有。

如果有人想登门拜访一下麦克西玛·阿库纳，会发现通往她家的路被一道铁制路障封死了。要想走进她的家门，你必须先从卡哈马卡坐上一辆小巴士，经过四个小时的颠簸，经过山谷、山坡并穿过狭窄的沟壑，才能抵达蓝湖边的这片土地。这倒也不算太难——要是路上没有康加矿业项目的检查点的话。"康加"这个名字来自克丘亚语的"kunka"，意思是"脖子"。如果你从利马来，或从秘鲁以外的国家来，检查点不会让你通过。如果你说，你是去拜访麦克西玛·阿库纳的，他们也不会让你通过——除非你亮出电视摄像机。然后，穿着橘黄色夹克、手持对讲机的保安会对你说，这个女人和矿上有过节。随后他会让你下车，在本子上记下你的名字。你告诉他，这是一条公共道路，而他会再次说：不，先生，这不可能，这条路只供本社区的人通行。如果你继续坚持，他会打电话找警察，而后者正坐着矿业公司的白色卡车在这个地区巡逻。他们会告诉你：这是私人财产。然后，也许你可以给带你来的司机多付点钱，请他绕个路，多开两个小时的车，就到了圣罗莎（Santa Rosa）——这是离乔佩－阿库纳一家最近的社区。到那儿时，天色已经很晚。你再付点钱，也许就会有一个农民同意用他的摩托车载你一程。你们在一条坑坑洼洼的路上颠簸一番后，便到了另一个检查点的附近。然后，你得从摩托车上下来，在山里摸黑走上一段路，还得猫着腰，以防被亚纳柯察的保安发现，而摩托车会跑到岗哨的另一边等着。你再次坐上摩托车，十分钟以后终于抵达"大喉咙"，然后发现自己身处一片泥泞、杂草和浓雾之中。远处传来狗吠，夜色如墨，仿佛可吞没手电的光亮。

"我们住在这儿，简直像人质。"麦克西玛说。那天夜里，我见到她时，她正在升火热一锅马铃薯汤。"我们走不远，别人也没法到这儿来。我们也不能随意走动。这种生活实在太难过了。"

现在的她是"蓝湖夫人"，然而三十年前的小麦克西玛·阿库纳却十分畏惧警察。那时她在老家，每次在街上看到警察，她都会吓得哭起来，死死抓住妈妈的裙角。她害怕那些穿着油绿制服和灰扑扑靴子的男人。麦克西玛在四个子女中排行倒数第二，天生极其害羞。她出生在阿马库乔（Amarcucho）——这个地名来自克丘亚语

"amarukuchu"，意思是"蛇藏身的角落"。每次家里来了人，她都会躲起来。因此她连一个朋友也没有。她也不喜欢玩布娃娃；但她很喜欢给社区里刚出生的宝宝们做衣服。

那时是 20 世纪 70 年代初，秘鲁还处于军政府统治时期。在长达数个世纪的光阴里，地主拥有自己土地上的一切：山脉、湖泊、河流以及身处其间的原住民农民。原住民基本上没有任何权利可言，他们终身在主子的农场里操劳，几乎与奴隶无异。这样的国家简直就是一枚定时炸弹。1968 年春，即麦克西玛·阿库纳降生之前两年，胡安·维拉斯科·阿尔瓦拉多将军（General Juan Velasco Alvarado）发动了一场政变。他惩戒地主，从他们手上夺走不动产分给农民。几个世纪以来，农民破天荒头一回拥有了自己的土地。用耶鲁大学教授、人类学家恩里克·梅耶（Enrique Mayer）的话来说，这是"安第斯历史的一个重大转折点"。新政权承诺将进行民族主义的变革，并宣布："土地归耕种者所有。"显然，这是一个乌托邦式的计划。

在卡哈马卡的大山里，年轻的麦克西玛在新政权的统治下长大成人。新政权让农民（麦克西玛这样的人）活得更像国家的公民。因为改革，她的父母终于能够在阿马库乔买下一小块土地。麦克西玛则成天忙着编织白色的草帽、清理豚鼠圈或拾柴火，有时也在地里帮妈妈干些活。妈妈教会她编织斗篷、披肩和裙子，后来她便在市场上卖自己编织的这些东西，如此年复一年。父亲在她八岁时便去世了。她没有上过学，一心盼望着快快长大，那样她就能出去干活，拥有自己的田地，还能给自己买双鞋。她想，以后有了孩子的话，可不能让孩子们像她一样光着脚走来走去。

这样过了好几年，麦克西玛的体型在悄然发生变化，个性却丝毫未改。她既不去参加派对，也不跟男孩子聊天。"实际上，这姑娘不跟任何人说话。"她的丈夫杰米·乔佩说。他五十多岁，身体壮实，寡言少语，长着个大鼻子。"她脾气死倔，长得又壮，简直跟个男人一样。"

他们结婚的时候，杰米十八岁，麦克西玛十六岁。新婚头一年，麦克西玛和男方的家人生活在一起。他们两家住在同一个村子里，男方家有几块小农田。杰米的家人逼她起大早去捡柴火、帮工人们脱麦皮、剥玉皮壳，还要洗全家人的衣服。他们羞辱她，打她，说她让他们很没面子，因为她不识字。正是出于这个原因，她后来一直对自己的子女十分严厉，甚至在家里不许他们开口说话，并且禁止他们恋爱。如果发现他们没做家庭作业，她会用皮带狠狠地抽他们。

"如果你不识字，去城里找工作，谁会要你呢？"麦克西玛说。她用手工编织和养牛赚的钱送孩子们去卡哈马卡城里上大学。"那儿的人只要有个职业，就能安安稳稳地生活。他们可不像我。"

麦克西玛一心想摆脱杰米的家人对她的欺凌。为此，在和他们共同生活的那几年里，每当杰米外出去其他人的农田里打工、一连好几个星期不在家时，她便去帮别人放羊或者卖她自己编织的鞍袋和披肩，目的是攒下足够的钱，买一块属于自己的土地，和孩子们一起搬过去生活。她做到了，然后不久便陷入了与亚纳柯察的争端。

在亚纳柯察公司企图将她赶出"大喉咙"之后，她经历了长达六年的庭审、上诉和听证。在这漫长的过程中，她越发认清了外面的哪些东西是她根本不想要的。比如，她下定决心，永远也不会搬到城里去住。她第一次去卡哈马卡投诉她的棚屋被毁事件时，就有两次差点被汽车撞倒，因为她看不懂红绿灯。她还发现，汽车冒出的黑烟特别难闻，餐馆里的意大利面极其难吃，橄榄的味道也十分让人讨厌。而且她没法独自出门，因为她总是迷路。

"还有，城里什么都要钱。在这儿，我如果需要食物，就带上牲口，把它们租出去；或者去马铃薯'明加'[1]干上两三天活，他们就会给我好几袋马铃薯。要是我想吃肉，杀一只鸡或豚鼠就行。我在这儿可以种地、养牲畜、做缝纫。城里太可怕了。"

那几年里，她还发现自己可以把内心的感受用唱歌的方式表达出来。麦克西玛很会唱歌。当她与其他农民和活动家一起游行时，总有人鼓励她站到大众面前，即兴创作一首"亚拉维"——一种甜美、柔和的安第斯民歌，唱出他们奋斗的故事。她刚开始与亚纳柯察做斗争时，还对自己的名字有了新的认知。她一直以为自己叫麦克西米娜，因为母亲过去总是这样称呼她。她的律师看到她的身份证时，告诉她，她真正的名字是麦克西玛。"西米娜"只是一个爱称。

绝大多数秘鲁人都曾经在某个地方——不是在教室里，就是在大街上——听到过这句非常流行的话："秘鲁是一个坐在黄金板凳上的乞丐。"很多人误以为这个比喻出自意大利博物学家安东尼奥·雷蒙迪（Antonio

Raimondi）之口。①它的意思是说，这个国家坐拥如此丰富的自然资源，财富唾手可得，然而在其历史进程中，无论是由于缺乏远见，还是由于政治腐败，它从来没能从中得到什么好处。比这还要糟糕的是，长达五个世纪，外来者一直在它的眼皮底下大肆掠夺其财富。

1532 年，西班牙人登上印加帝国的土地时，它是这个星球上最大的帝国，超过了伊凡大帝正在扩张的俄罗斯帝国、西非大草原上的霸主大津巴布韦、奥斯曼帝国和阿兹特克帝国。当时的任何欧洲国家更是远逊于它。²印加文明的最后一位统治者阿塔瓦尔帕（Atahualpa）在卡哈马卡地区被西班牙征服者弗朗西斯科·皮萨罗率领士兵俘获。当时这位君主正在下令处死同父异母的兄弟，以便坐稳皇位。阿塔瓦尔帕注意到，抓住他的人对黄金有着极度的渴求。印加人对铁、玻璃或枪支弹药一无所知，也不懂如何使用轮子，但是对于这种黄灿灿的金属，他们可是了如指掌：它十分美丽，容易加工，用来制作首饰和敬奉诸

---

① 这句话实际出自巴萨德雷《对秘鲁历史命运的沉思》，参见本篇文首引言。——译者注

神的雕像非常完美。令他们感到十分费解的是，这些侵略者为何对黄金如此痴迷？这东西既不能吃又不能喝，也不能用来织布，拿来制作武器或工具也太软了。于是，阿塔瓦尔帕抬起手臂，使劲把手举到他够得着的最高处，在囚室的墙上画了一条红线。他说，只要能换取自由，他可以用黄金和白银把囚室堆满，堆到那条线的高度。按今天的价值来测量的话，那是一笔价值十五亿美元的财富，堪称人类历史上最昂贵的赎金。然而，皮萨罗和他的伙伴分享了战利品后，便在他的臣民面前勒死了这位印加皇帝。

从那时起，西班牙士兵便在新大陆大肆掠夺黄金，以便他们的贵族可以将之挥霍在从亚洲运来的丝绸、瓷器和香料上。与此同时，卡哈马卡变成了另一个殖民掠夺下的不幸之地，战争、疫病、矿场奴役和血脉混杂（西班牙人和原住民的种族与文化混合）在原住民的情感记忆中留下了深深的创伤。对几代秘鲁人来说，"乞丐坐在黄金板凳上"的比喻变成了对这种掠夺的辛辣讽刺。不少人说，这句话在现代应该这样理解：愁眉苦脸的百姓眼睁睁地看着兴高采烈的大公司把他们脚下的土地翻得底朝天，到处寻找金子。

到 2020 年为止，秘鲁的黄金出口量在拉美名列榜首，在全球也高居第六位，排在中国、澳大利亚、俄罗斯、美国和加拿大之后。这部分归功于它的黄金矿藏量，还有部分原因是来自像纽蒙特（Newmont）这样的跨国公司的投资。截至 2018 年 6 月，纽蒙特拥有亚纳柯察公司百分之五十一的股份［其余股份归秘鲁布埃纳文图拉矿业公司（Minas Buenaventura）和日本的住友商事株式会社（Sumitomo Corporation）所有］。[3] 极少有跨国公司像纽蒙特这位所谓的"丹佛巨人"这样迅猛拓展、四处开花。该公司同时在五大洲投资开采若干露天矿藏——从加纳（Ghana）的高原到秘鲁的山巅，其足迹抵达了地球最遥远的角落，为那里的人带来工作机会和基础设施。然而除了吹嘘杰出的业绩，纽蒙特公司同样值得关注的是在整个采矿业中（甚至包括煤矿在内），他们每盎司产品造成的废物量也位居榜首。

亚纳柯察公司在一天之内掘起的泥土和石块便多达二十万吨，足够堆起三座胡夫金字塔。只需短短几个星期，整座大山就会消失。一盎司黄金（相当于一对金耳环的分量）的价值大约一千三百美元。然而，为了开采这一丁点黄金，却要生产差不多二十吨的废物，其中包括化学品和有毒金属。

这些废物之所以有毒，是因为在金矿公司提炼黄金的过程中有一个步骤叫作"堆浸"（leaching），即把含金的矿石堆起来，从上面注入氰化物和水的混合溶液。混合物的细流缓缓经过石块，便可溶解黄金周围的岩石。[①] 氰化物是一种剧毒物，一粒米的量便足以杀死一个成年人；一升水中溶进百万分之一克便能杀死河里的几十条鱼。亚纳柯察公司拥有全国最大的氰化物浸出矿，他们坚持说，氰化物是留在矿坑里的，并且会依据极高的安全标准进行处理。不过，在卡哈马卡，很多人怀疑这个化学加工过程没有他们说的那么干净。

为了证明他们的恐惧并非毫无根据或仅仅是反采矿情绪使然，麦克西玛他们给我讲了发生在瓦尔加约克（Hualgayoc）的事情。瓦尔加约克是一个矿山众多的省，距离麦克西玛·阿库纳的家只有一百多千米远。那里有两条河

---

① 关于氰化法提金工艺的表述似有误。该工艺的原理是将矿石中的固体金溶化在含氧的氰化物溶液中，再回收溶液，经过洗涤、置换等步骤，最后得到黄金。——译者注

已经变成了红色，没有人敢再下河游泳。另一件事发生在帕恰恰卡的圣安东尼奥（San Antonio de Pachachaca），一个为社区提供水源的湖被矿区泄漏的燃油污染了。还有一件事发生在乔罗潘帕镇（Choropampa），亚纳柯察的一辆卡车出了事故，液体汞倾洒在公路上，好几百户人家因此中毒。在乔罗潘帕，矿业公司出钱让人们去清理这些有毒金属，却没有提供任何防护装备。女人和孩子们用小瓶子收集水银，还藏在家里，因为他们相信这些银色的液体里面含有金子。几天之后，他们便尝到了苦果：眩晕、高烧、呕吐。有些农民皮肤上布满红点，体内大出血，躺倒在医院病床上。到如今已经十七年过去了，农民们还在等待赔偿。[4]

要把我们早已习以为常的舒适生活延续下去，某些种类的矿藏开采就是不可避免的。盖房子要用到水泥、钢铁、沙石，屋顶要用到铝制框架和锌皮——所有这些材料都来自露天矿区。瓷砖、陶瓷、大理石以及墙壁和窗户上的铝制框架和玻璃，也都是用采矿得来的各种物质生产的。至于用铜制成的电线、造汽车用的钢材，把食物送到嘴里的勺子，乃至外科医生为受损的心脏动手术时用的手术刀……那就更不必说了。然而，即使采用最先进的技术、努力把环境伤害控制到最小，采矿依然被认为是全世界最肮脏的行业。亚纳柯察在秘鲁早已臭名昭著，想要洗白它在环保方面的恶名，简直比让一条从受污染的湖泊里捞起来的鳟鱼起死回生还要难。

社区的反抗令矿业投资者们忧心忡忡，尤其是威胁到公司利润的时候。2015 年时，亚纳柯察估算其旗下其他金矿的储量仅够维持五年多的开采，而康加项目（占地面积相当于利马的四分之一）的黄金储量逾六百万盎司，这意味着公司可以持续运营下去。

这家矿业公司在环境影响评估报告中说，它将抽干四个湖，但同时建设四座水库。公司说，这些水库将蓄积足量的雨水，以供应四万人的生活——这些人目前的饮水是依赖从那几个湖延伸出来的支流。康加项目将进行为期十九年的黄金开采，这期间会投资约五百五十亿美元，并雇用一万名左右的员工。国内外的执行人员都会得到更高的红利。国家也能从中得到更多税收，用于建设道路、学校和其他公共设施。人们会拥有更多、更好的工作机会。这些都是公司甩出的诱饵——信誓旦旦，承诺"共同繁荣"。

　　面对如此美妙的前景，不乏政治家和经济学家张开双臂欢迎这个项目。然而也有不少工程师和环保主义者站在大众健康的立场上，对该项目表示反对。得克萨斯州大学（University of Texas）的罗伯特·莫兰（Robert Moran）和曾在世界银行工作过的经济学家彼得·柯尼格（Peter Koenig）都是水源管理专家，他们解释说，在康加项目区域内的二十个湖和六百处泉水形成一个相互连接的水源系统，这是大自然经过数百万年才创造出来的一种循环装置。破坏其中四个湖，意味着对整个水系造成永久性的不良影响。

　　秘鲁北部山区与安第斯山脉的其他地区不同，这儿没有冰川为居于此地的人们提供所需的饮用水。在此处的大山里，湖泊便是天然的水库。黑土地和青草如同巨大的海绵，不断吸收雨水和雾气中的水分，这些水汇聚起来，源源不断地补充河流与泉水，从而灌溉草原。在像卡哈马卡这样的地区（卡哈马卡有多达百分之四十的土地都被划成了矿区），成千上万和麦克西玛·阿库纳一样靠耕种和养牛为生的小农场主们正变得越来越消息灵通，团结得也更紧密。他们害怕金矿的开采会污染他们仅有的水源[5]，也不再信任那些满口承诺会保护他们的政治领袖。

*

2011 年初的一个晚上，就在阿塔瓦尔帕五百年前被西班牙人处死的同一地点，当时还是秘鲁左翼总统候选人的奥良塔·乌马拉（Ollanta Humala）身穿传统的卡哈马卡斗篷，在武器广场（Plaza de Armas）面对群众发表演讲。

"我已经去看过了许多湖泊。他们说，你们想把这些湖卖给矿业公司。你们想卖掉你们的水源吗？"

"不想！！！"

"水和黄金，哪个更重要？""水！！！"

"因为黄金既不能喝，也不能吃！我们的孩子需要喝水！牲畜也需要喝水！有了水，我们才会有牛奶、奶酪和所有的一切！水是秘鲁人民最宝贵的资源！那我们应该怎么做，才能保护水资源呢？"

总统候选人乌马拉高举双臂，笑容满面地挥手致意。人们以掌声、欢呼以及更为狂热的呐喊来回应他的演讲。

那次演讲之后，时隔仅仅一年，胸佩总统绶带的乌马拉在利马遇见了同一批群众。这一次他们对他非常愤怒，因为他竟然支持康加项目。这位新总统宣布卡哈马卡进入紧急状态，人民不得自由集会，而警察无须司法准许便可进入宅院。他对抗议活动不断进行镇压，最终导致塞伦丁的一名十六岁男孩被枪杀。

在卡哈马卡和另外两个同样受康加项目影响的省，乌马拉从前的支持者都转而反对他，咒骂他是叛徒、骗子。卡哈马卡市区几条大街的墙上都刷上了涂鸦："打倒康加！""要水！不要黄金！"2012 年是反对亚纳柯察的抗议活动最为密集的一年，民意调查公司阿坡约（Apoyo）发现，卡哈马卡有八成以上的民众反对该项目。然而，在秘鲁的政治决策中心利马，国际金属价格引发的繁荣令人们产生了一种错觉，仿佛康加项目一旦实施，这个国家立马就能腰包鼓鼓，装满黄金。一些领头的权威人士警告说，如果康加项目不能实施，后果将是灾难性的。"如果康加项目不能落地，那我们真是搬起石头砸自己的脚了。"当时正在与乌马拉竞争总统宝座的佩德罗·巴勃罗·库琴斯基（Pedro Pablo Kuczynski）在专栏中如此写道。对于企业高管来说，康加项目无疑将是危机中的一只救生筏，一个改变游戏进程的转折点。然而对于麦克西玛·阿库纳这样的农民来说，它却意味着牺牲自己去让一小撮人富起来，而农民本身还是老样子，依然是那个古老比喻中的乞丐。

有些人说，麦克西玛·阿库纳的故事正在被不想看到国家发展的反矿业群体大加利用。不过，一段时间以来，对于那些想要不惜一切代价吸引投资的人来说，当地新闻一直在打击他们的乐观情绪：根据秘鲁人权监察专员的统计，在秘鲁，七成以上的社会冲突是由于采矿引起的。官方统计显示，卡哈马卡地区是全国出产黄金最多的地区，但同时也是贫困人口最多的地区。

早在第一次与亚纳柯察人员发生冲突时，麦克西玛·阿库纳就发现，当她亲眼看见警察殴打她的孩子们时，她会变得勇敢起来。成为社会斗争的象征符号之前，如果必须和政府人员说话，麦克西玛总是十分紧张，双手出汗。然而在 2011 年他们企图驱逐她的事件之后，她不得不学会在法官面前为自己辩护。

那一年，亚纳柯察矿业公司指控乔佩－阿库纳一家犯了"严重侵占土地"罪。按照该公司律师的说辞，这户农民在"霸占"那块土地之前，还攻击了警察和公司的私人保安。此后，律师米尔塔·瓦斯奎兹（Mirtha Vásquez）开始着手在法庭上证明麦克西玛及其家人的清白。

瓦斯奎兹来自卡哈马卡地区。她四十岁，身材娇小，肤色白皙，鼻子小巧可爱，一头直发和她的双眼一样乌黑。她说，作为非政府组织格鲁菲迪斯（Grufides）① 的负责人，她结识了许多遭受矿业公司不公平对待的农民，但她还从未见过一个敢于正面挑战亚纳柯察强权的女人，尤其是在连省司法制度都不支持她的情况下。

"塞伦丁的检察官们以为自己是万能的。"米尔塔回忆说。她是一位环保法律专家，年轻时曾努力想当上法官，然而在法庭上见识过太多腐败不堪的法官和检察官之后，她的梦想幻灭了。"他们欺负麦克西玛和杰米，然后说他们能理解，这对夫妻之所以会犯罪，是因为他们不开化。"

乔佩－阿库纳夫妇不得不出庭受审，第一次是在塞伦

---

① 格鲁菲迪斯：秘鲁的一个非政府组织，致力于捍卫人权和环境保护，强调生态可持续性、水权、团结经济、性别平等和代际对话。——译者注

丁，他们生活的省法院，后来是在卡哈马卡大区法院[①]。由于付不起路费，他们只得很早就起床，步行八个小时到达索罗丘科社区，从那儿搭乘一辆小巴士去法庭。经常，当他们终于到达时，法官们宣布推迟开庭，因为亚纳柯察公司的代表在最后一分钟才通知说他们不能参加。

在卡哈马卡，麦克西玛的四个孩子时时担惊受怕，宛如惊弓之鸟。我在 2015 年和他们见面时，他们全都住在一间租来的房子里，墙壁刷成天蓝色。房间大约有三十平方米，在一间光线阴暗、尘土飞扬的木工作坊的背后。他们就在这儿吃饭、学习和睡觉。为了安全，他们隔三岔五就搬一次家。有一天晚上，伊西多拉·乔佩刚刚走出大学校门（她在那儿学习会计），两个戴着头罩的蒙面人就冲上来威胁要杀死她。她的弟弟丹尼尔·乔佩（Daniel Chaupe）曾被警察用棍棒抽打后背，后肺部出了问题。他去求职时被一家五金店拒之门外。店主说他永远不会雇用一个"反矿业者"（anti-miner）的儿子。

---

① 秘鲁被分为 24 个大区，1 个直属区，大区下设 195 个省。——编者注

与此同时，麦克西玛和杰米在"大喉咙"不断遭到矿业公司的骚扰。他们说，亚纳柯察的白色卡车经常一天开过来六七次，就停在他们的田地正对面；保安对着他们拍照片，观察这户人家的一举一动。有一天，一辆矿上的车压死了两头公羊，车上的人还偷走了另外两只。还有一次，那些人杀死了他们的狗"米奇"（Mickey）。这只狗原本负责驱逐狐狸、保护羊群，以及冲着任何靠近地界的人吠叫。他们说，有几个晚上他们曾听到枪击声，全家人都听到了。要是能有一个办法证明这件事就好了。

乔佩－阿库纳夫妇在塞伦丁的法庭上输掉两起案子。法庭判处他们约三年监禁，并命令他们向矿业公司支付近两千美元的赔款，同时离开"侵占"的土地。律师瓦斯奎兹解释说，法官和检察官根本不看这家人呈交的证据，比如土地所有权证、销售契约，还有把土地卖给他们的亲戚出具的声明。此外还有医疗证明，上面详细记录了他们在第一次被驱逐期间遭受的殴打，然而这份医疗证明竟被忘在了某位省级检察官的办公室里，这实在令人起疑。这个家庭的代理律师向卡哈马卡高等法院提起了上诉，于是法院开始了新的审查。那几个月，在国际力量的帮助下，麦克西玛·阿库纳和她的大女儿远赴欧洲，讲述他们的遭遇并寻求支持。

罗西奥·席尔瓦·桑蒂斯特班（Rocío Silva Santisteban）当时担任国家人权事务协调员的执行秘书。她回忆说，麦克西玛在飞往日内瓦向联合国陈述案子的前一天，整个下午都和罗西奥一起待在利马的公寓里。后来她们一起出门散步，沿着米拉弗洛雷斯（Miraflores）的木板道走下去，沿途经过草木葱茏的公园、桥梁和孤独耸立的灯塔，麦克西玛对每一处都感到新奇，流露出难以置信的表情。她从未见过人们如此匆忙地奔走，没见过这么高的大楼，也从未走过如此华灯璀璨的大街。她从未在夜晚看过大海，也从未与大海如此亲近。令她最感兴趣的是，利马人是用什么办法把水送上大楼最顶层的。

麦克西玛生平第一次国际飞行的降落地点是瑞士——从秘鲁购买黄金最多的国家。她到这里来，是为了与联合国人权事务高级委员会的一名官员见面。在法国，她会见了金属工人工会的人员和一位参议员，后者几个月以后还专程去"大喉咙"拜访了她。在比利时，她出席了一次人权论坛，聆听其他女性讲述与她类似的经历。危地马拉的约兰达·奥奎利（Yolanda Oqueli）是两个孩子的母亲，曾因领导针对某矿业项目的和平抗议活动（该项目侵占了两个社区）而遭到枪击。玻利维亚的卡门·贝纳维德斯（Carmen Benavides）曾因反对矿业项目而遭受威胁——该项目对她的族群赖以生存的河流造成了污染。哥伦比亚的法兰西娅·马尔克斯（Francia Márquez）曾遭到准军事组织迫害，因为他们想要在她所在的地区大规模开采金矿。厄瓜多尔的弗朗西丝卡·丘丘卡（Francisca Chuchuca）因反对一个金矿项目而被指控，该项目将污染两条河流——五十万农民赖以生存的水源。如果你站在"现代化"的立场上去看，这些妇女全是坏人：她们中的每一个人都曾被指责反对社会进步。

麦克西玛·阿库纳说，她有一点与她们都不同：她对当一名组织者或活动家并无兴趣，也无意成为领袖。她说过："我只希望他们能让我在我的土地上安宁地生活，并且不要污染我的水。"然而，尽管她志不在此，她还是获得了 2016 年格德曼环境保护奖（Goldman Prize）——该奖项被公认为"环保界的诺贝尔奖"。这名农妇曾经异常胆小，如今却成为斗争者的精神泉源，激励着他们为捍卫自己的土地、抵御他人的掠夺奋起抗争。"她是少数几个没有向采矿公司屈服的人之一。"塞伦丁机构间平台①的秘书米尔顿·桑切斯（Milton Sánchez）说。他在抗议活动期间曾经在"大喉咙"住过好几个晚上，与巡视队（自治农民巡逻队）②的数百名成员以及湖泊的捍卫者们在一起。格莱维丝·隆顿（Glevys Rondón）是拉丁美洲矿业监督项目的执行董事，在麦克西玛·阿库纳旅行期间为其翻译。她说，她的这位秘鲁朋友和绝大多数环保卫士都不一样。那些人已经形成了优雅而清晰的说话套路，她的发言却更有自己的特点，且更为亲切。

"在这个世界上，其实像麦克西玛这样的人更多。"隆顿说。

2003 年，一名商人举报阿根廷人何塞·路易斯·戈多伊（José Luis Godoy）涉嫌侵占土地，可何塞已在那生

---

① 塞伦丁跨机构平台：西语为 Plataforma Interinstitucional Celendina，简称 PIC。由塞伦丁的教师、学生、市政府工作人员、左翼政治团体和农民自卫巡逻队等联合起来组成的民间社会组织平台。该平台针对康加项目组织了很多抗议活动。——译者注

② 巡视队（rondas）：全称 rondas campesinas，即农民自卫巡逻队，是安第斯高地农村使用的一种本土自卫方法。当地男子自发组成小队巡逻，以保护牲畜和财产免受盗窃，因为该地区的警察效率十分低下。——译者注

活了六十年，而且这块地含有红色花岗岩石矿。2011 年，警察焚毁了厄瓜多尔人阿尔弗雷多·赞布拉诺（Alfredo Zambrano）的房屋，目的是将他从其居住的热带雨林地区赶走，因为政府已征用那片地，用于建水库。2012 年，委内瑞拉妇女卡门·费尔南德斯（Carmen Fernández）因为其族群的土地被移交给煤矿公司奋起抗争，随后几个职业杀手弄瞎了她的儿子。2014 年，尼加拉瓜人弗雷迪·奥罗兹科（Fredy Orozco）因不愿让警察将他从自己的田地上赶走（以便建造跨洋运河）而被指控是游击队员。所有这些人，和麦克西玛·阿库纳一样，都被指控为了个人利益而牺牲自己国家的发展，或为了要挟企业而在媒体镜头前扮演受害者，或被别有用心的非政府组织操控。有些人甚至把他们称作恐怖分子。

麦克西玛说，她只是想过自己熟悉的生活——真正属于她的生活：种马铃薯、挤牛奶、织羊毛披肩、喝自己的泉水；还有，在蓝湖里捕鳟鱼时，不会有保安过来警告她"这是私人财产"。她情愿没有斗争。正因如此，当别人要求她描述矿业公司对她做了些什么时，她偶尔会拒绝。她说，在欧洲的那些会议上，她每天都得把自己的遭遇重复讲上十来遍，这实在令她感到厌烦和压抑，以至于她每天一回到酒店便倒头就睡，别的什么也做不了。

欧洲旅行归来后，她的身体垮了。在那几个月里，法庭的案子悬而未决，麦克西玛却时常感觉头沉重得像石头，浑身骨头都在疼。她频繁眩晕发作，有时甚至昏厥过去。来自国家人权事务协调委员会的罗西奥·席尔瓦·桑蒂斯特班陪她去看了医生。医生诊断是沉重的心理压力造成的，加上更年期综合征使得症状更加严重。她需要休息。医生给她开了安眠药、激素和一些其他药物。她还接受了心理治疗，并且不再接受采访。就在麦克西玛重新找回力量，准备迎接在卡哈马卡的第三次庭审的同时，亚纳柯察也把公司的法律团队扩充到六名成员，并且聘请了阿森尼奥·奥雷·瓜迪亚（Arsenio Oré Guardia）。瓜迪亚是秘鲁刑法界的知名人士，也是巴里克（Barrick）和道朗（Doe Run）等其他矿业公司的顾问。米尔塔·瓦斯奎兹承认，她对和奥雷·瓜迪亚对簿公堂感到畏惧。瓜迪亚写过好几本书，都是她上大学时就痴迷地研读过的。他们已经输了两起案子，现在正面临着再次打输官司的风险，即将要对抗的却是全国最杰出的律师之一。2014年的一天上午，瓦斯奎兹把乔佩·阿库纳全家召集到她的办公室，想要和他们开诚布公地谈一谈。她说：即将面临的审判，是他们最后一次赢的机会。如果他们输了，全家就应当考虑搬到别处去住。如果他们留下来，可能会有生命危险。麦克西玛回答说，她宁愿死，也要留在原地。

如果是你，被法官当庭宣布无罪时，脑子里会闪过什么念头？2014 年末，卡哈马卡高等法院宣布免除麦克西玛非法侵占"大喉咙"地区的罪名，麦克西玛当即决定回家，回去过她原来的生活。她以为亚纳柯察终于不会再来找她的麻烦了。由于原来的屋子已经被雨水淋泡得快要垮塌，她和家人便在两百米以外的地方找到一个处于大山庇护之下的小山丘，准备在那儿重建新居。杰米和麦克西玛开始动工挖沟，并靠啜饮发酵的甘蔗汁和咀嚼古柯叶对抗工作时的疲劳、抵御寒冷。在同社区朋友们的帮助下，他们收集了用于打地基的石块，并开始用黏土砌墙。但是，就在他们铺下第一批石块后没几个星期，亚纳柯察的员工和保安就带着镐头和铁锹冲了过去，捣毁了地基。麦克西玛、杰米和两个正帮着砌墙的孩子抓起石头，试图自卫，矿业公司的保安却用棍棒把他们逼退了。当天下午，亚纳柯察公开发布了事件录像。他们说，乔佩·阿库纳正在盖房造屋的那片地不在司法判决的范围内，公司采取行动是为了保卫自己的财产。麦克西玛的律师反对亚纳柯察的说法，并解释说，法庭的判决适用于"大喉咙"的所有土地。她说，矿业公司一直在不停地骚扰乔佩·阿库纳一家，然而与矿业公司签订了（迄今仍然有效的）矿山安保协议的卡哈马卡警察局却袖手旁观。一队初级警员就站在路边，在那块土地的边缘，远远地看着亚纳柯察的人举起铁镐，几分钟就捣毁了乔佩·阿库纳一家人的劳动成果。

在利马的亚纳柯察矿业公司总部里，有好几个办公室分别被命名为佩罗（Perol）、奇卡（Chica）、马马科查（Mamacocha）和蓝（Azul）。这些都是湖的名字——这些湖都很可能随着康加项目的金矿开采进程消失。紧挨着这些房间的，便是化学家劳尔·法凡（Raúl Farfán）的办公室。劳尔是公司负责对外关系的总监，还很年轻，头发涂着发胶，眼神警惕。一天上午，在查卡里亚区（Chacarilla），他在自己的公寓里接待了我。他的公寓在一个相当优雅的居民小区里。劳尔的工作职责之一，便是确保矿业公司和社区保持良好关系。在过去的二十年中，他曾在多家跨国公司的企业社会责任部门工作过，比如壳牌、安塔米纳（Antamina）和斯特拉塔（Xstrata）。他告诉我，他能理解人们为什么怀疑亚纳柯察，"在这种情况下，站在弱者那边是正常的。"不过他又说，那家人说的并不全是实话。

我把在"大喉咙"发生的事情向他讲了一遍时，他已经在这个岗位上工作了十个月。"我们并没有破坏他们的房子。"他说，"我们只是拆掉了地基，让他们没法再盖房子，继续侵占我们的土地。"

为了把这个决定背后的原因解释得更清楚，化学家法凡打开了笔记本电脑上的产业地图。地图上标示出的两块土地，是康加项目分别于 1996 年和 1997 年从索罗丘科社区买来的。麦克西玛和她的家人声称属于自己的"大喉咙"地块，本来就在这两笔土地交易的范围内。索罗丘科社区管理委员会签署了土地出售文件，麦克西玛·阿库纳的公公塞缪尔·乔佩（Samuel Chaupe）也在上面签了字，为土地的移交作了担保。法凡说，事实上，还有卫星照片可以证明，乔佩-阿库纳夫妇说他们从 1994 年就住在那里纯属谎言。这位执行官在谷歌地图上指给我看：那时候，这块土地上既没有棚屋也没有农田。根据公司的说法，这家人直到 2011 年——也就是康加项目冲突刚开始的那一年，才"侵占"了那片地。亚纳柯察公司说，那位"夫人"出示的所有权证书并不是一份财产所有权证明。只有索罗丘科社区拥有财产所有权，并有权出售土地。出于上述原因，公司才举报了这家人，要求警察将他们赶走。整个过程就是这样。

"他们建新房子，是在进行新的土地侵占活动。"法凡说，"如果你看到陌生人在你的产业上建造房屋，你有权在十五天内拆除地基。法律就是这么规定的。我们是在保护自己的财产。"

几天后的一个下午，卡哈马卡下起了倾盆大雨。米格尔·阿亚拉（Miguel Ayala）告诉我，关于这个事件矿业公司的版本歪曲了事实。索罗丘科社区的第一块土地卖给康加项目时，米格尔是社区主席。

"矿业公司的人说这家人侵占了他们的土地，但这怎么可能呢？二十年前，就是我本人在土地所有权证上签字，把那块地给了乔佩家的。"

我们坐在阿亚拉的杂货店的角落里。他向我解释说，乔佩－阿库纳一家和许多其他农民家庭一样，决定搬到高一些的山坡上去住，所以才去了"大喉咙"，在那儿开辟了农田，并开始养牛。当时是 20 世纪 90 年代初，秘鲁正处于政治和经济危机的双重困境之中。军方和"光辉道路"恐怖组织之间的战争导致农民尸横遍野。银行和外国公司都不愿意来投资。在卡哈马卡，由于干旱日趋严重，海拔较低的地区土地收成越来越差，人口的增长也意味着可供耕种的土地越来越少。相比之下，地势较高的山区还保留着大面积的荒原，而且还有水源。那儿渺无人烟，出没的只有狐狸、美洲豹以及长得和栗鼠差不多的兔鼠。阿亚拉说，更重要的是，那些土地当时一文不值，因为那时还不存在金矿一说。

就是在那个时期，麦克西玛和杰米决定搬去"大喉咙"生活。当时这个地块属于杰米的叔叔。索罗丘科农民社区拥有一大片广袤的土地，"大喉咙"是其中的一块。叔叔把他的地块卖给了夫妻二人，双方签订了卖地契约。1994 年 1 月，也就是亚纳柯察生产出第一根金条的次年，社区管理委员会把土地所有权证书发给了乔佩－阿库纳夫妇。阿亚拉回忆说，从那以后，这家人一直在那块土地上生活，他们不时会下山来，到索罗丘科进行易货：他们会带着好几袋马铃薯和乌卢库薯，用它们交换社区其他农民（比如他自己）生产的豌豆和玉米。

在安第斯山区，关于土地转让，农民有自己的规矩，并已形成了一个历史悠久的传统。专门从事乡村组织研究的人类学家亚历杭德罗·迪埃兹（Alejandro Diez）对我解释说，在秘鲁法律中，"农民社区"的定义是"世代居住于并控制某块土地的多个家庭构成的组织；这些人是经由世系、社会、经济和文化关系联系在一起的。"社区成员并没有个人单独的财产契约，土地由社区所有人共同拥有。如果你在社区内出生或者你是某个社区成员的子女或者你自己被社区接纳为成员，社区便会分配一小块土地给你，并给你一份所有权证书。对他们来说，这个证书与财产所有权具有同等意义。如果你是某块土地的所有人，但你想要离开社区了，就必须把土地归还。不过，你也可以把自己拥有的土地卖给另外一个农民，这已成为一个传统习俗，且一直延续至今。在秘鲁境内的安第斯山区，六千多个农民社区内，人们都是按这种方式来占有土地并在其上耕作和居住的。然而，"现代秘鲁"是由城里人管理的，土地可以独立买卖，与使用、耕作和居住的方式无关。土地只是一份财产，只是另一种产品而已。于是，法律与习俗便发生了冲突，而麦克西玛·阿库纳和她的家人似乎陷在了一个裂缝中——这是两种截然不同的世界观造成的裂缝。

"在一个不稳定的国家必然会发生这样的混乱。"在秘鲁天主教大学（Pontifical Catholic University of Peru），迪埃兹在他的办公室里对我解释，"从法律上说，这个家庭和亚纳柯察公司究竟谁才拥有合法权利，还有待观察。如果说他们双方都有权，我一点也不会感到奇怪。"

亚纳柯察声称它的财产所有权（在公司的地图上包括了"大喉咙"在内）有法律的支持，这是事实。然而，也有一些报告称，该公司于20世纪90年代初买下这片土地，而曾经拥有这片土地的社区和农户是在征地的压力之下被迫卖出土地的。许多赤贫且未受过教育的农民说，他们当时根本没有意识到，自己脚下的岩石蕴含着巨大的财富。还有些人说，属于他们的土地是被邻居弄虚作假卖掉的。[6]

米格尔·阿亚拉说，他卖出的土地，平均每公顷只获得了实际价值的百分之十。在地势较高的塞伦丁，麦克西玛和她的公公塞缪尔·乔佩是邻居。事实上，在一次索罗丘科社区大会上，塞缪尔确实签署了文件，把他自己的地卖给了康加项目。塞缪尔把地卖得很便宜，因为他急需一笔钱为自己最小的儿子动手术——那孩子在盖房子时，被一根粗重的木梁打破了头。

"这事儿是真的，他们说的是实话。"阿亚拉告诉我，"麦克西玛和杰米并没有在文件上签字，他们没有卖掉自己的地。"

麦克西玛·阿库纳一家和矿业公司的争议变得如此复杂，不仅仅是法律上的漏洞造成的，还存在数字上和地理上的分歧。2012 年，在乔佩 – 阿库纳夫妇和亚纳柯察公司起争端的早期，卡哈马卡大区政府曾派了一名专家——土建工程师卡洛斯·塞丹（Carlos Cerdán）来调查双方争夺的地块，也就是"大喉咙"。

塞丹是一个身材瘦小的男人，四十多岁，棱角分明的鼻子上架着厚厚的眼镜。这位地图专家花了一个上午，利用三台 GPS 设备、全国地图和双方的土地买卖契约对那片土地上的开采区域进行了测绘。他的调查结论是：乔佩 – 阿库纳夫妇购买的地块（大约二十五公顷）本来就不在亚纳柯察购买的土地范围内。塞丹对我解释说，无论如何，即使有一部分落在了公司购买的土地区域内，也可以肯定不是整个地块都在里面。这是因为，虽然双方的文件上都清晰地标出了边界，但计算上存在问题，近似测量也存在问题。那一堆杂乱无章的数字和文件并不能反映实际情况，世界上也没有绝对准确的地图。

"不过，我们所有人都会犯错。"这位工程师说，"说不定我也错了。"

在整个案件的审理过程中，没有人参考过塞丹的调查结果。双方的律师都认同一件事：要解决这个争议，只有诉诸民事法庭，然后各自向法庭提交证据，证明谁才是这块土地的合法持有者。然而亚纳柯察说，即便如此，公司也不会允许麦克西玛和她的家人再建新屋。

"我们想避免土地被系统化地入侵，避免别的家庭效仿他们的行为，也来侵占土地。"亚纳柯察的执行总监之一劳尔·法凡说，"我们不想在这个国家开一个危险的先例。"

根据法国哲学家保罗·维希留（Paul Virilio）的观点，现代政治就是对大众恐惧的管理。① 当人们讨论康加项目

① 保罗·维希留：又译为保罗·维希里奥。法国文化理论家、城市规划师及美学哲学家。——译者注

时，有些人恐惧的是土地和水源将遭污染，还有些人害怕的则是爆发街头骚乱，吓跑投资人。"进步"及其反义词的含义是随时变化的——取决于谁在使用这些词。

我拜访化学家法凡的几周前，矿业公司的法律总监威尔比·卡塞雷斯（Wilby Cáceres）进一步强调了他的担忧。据他说，反对采矿的领导者在针对康加项目举行抗议活动期间，曾经在乔佩－阿库纳夫妇企图重建新家的那个地区暂住。"我们担心这块地产会被他们占据。"卡塞雷斯在电话里对我说。尽管无法让亚纳柯察的其他高管对着记者的录音机吐露这么多，不过另外一个他们如此敌视麦克西玛的原因呼之欲出：只要麦克西玛·阿库纳和她的家人在那里，公司即使争取到了当地居民的支持，也无法推进康加项目。[7]

在"大喉咙"，清晨六点钟，朝阳便在山峦之间探出羞怯的小脸，黎明的薄雾随之退散，大地万物渐渐显露身形。一栋泥屋前，几只鸡在四处觅食。柴炉上坐着被煤烟熏得黝黑的平底锅，咕嘟咕嘟地煮着牛奶。石头上搁着一台用干电池的收音机，很受基督复临安息日会（Seventh-Day Adventists）教友喜爱的"老虎台"（Tigre）正播放着小提琴和竖琴演奏的瓦伊诺民歌。不远处，戴着宽檐草帽的"蓝湖夫人"正看守着草原上的羊群。

从我在山边看到她砸石头和背石头，已经过去一个月了。此时我们脚下的这块地上一片废墟，到处是烂泥，还有被雨水浸得湿乎乎的草和木头。这就是那次驱逐行动残留的痕迹：他们本想新建的房屋留下的残骨遗骸。就在他们身边，约"一石之遥"（投掷一块石头的距离）的地方，亚纳柯察矿业公司用铁丝网围栏圈起了一片牧养羊驼的草地，里面有一个安全岗哨，正对着麦克西玛的屋子。几天前，这些保安当中还有一个人跑过来，说可以给她丈夫一份活干。那人对麦克西玛说，亚纳柯察不想再继续斗下去了。

"现在他们想要和平，想要对话了？难道我只是个物品，任由他们随便摆布！"麦克西玛瞪着面前裹着围巾的羊驼保安，提高嗓门，"他们说我已经卖掉了我的地，还把钱花光了。他们说我不知羞耻，说我邪恶，说我是个小偷，想方设法败坏我的名声。他们还打我的孩子！现在他们又想给我们活干了！我宁愿破产也不会给他们干活！能让我开心的是我的地，不是钱！"

那段时间，好几家报纸都报道说，乔佩－阿库纳夫妇名下还有其他产业，资料显示他们还拥有另外九块地产，加起来差不多有八公顷。这些地全都在阿马库乔——卡哈马卡最穷的村庄之一。这些报道给人造成这样的印象：这家人频频出击，四处寻找没有人管的空地，然后跑去据为己有。换句话说，他们把麦克西玛·阿库纳描绘成了一个职业侵占土地的人。麦克西玛的长女伊西多拉·乔佩回忆说，那些新闻报道印出来以后，她接到几十个电话。连那些本来支持她的人，包括她自己的律师在内，都来问她：是不是真的还有其他土地，为什么之前从来不说？

"有一天，一个叔叔打电话来说：'别再胡搅蛮缠了！动动脑子！告诉你的父母，凡事要适可而止。'"伊西多拉一边和我说话，一边给刚出生不久的儿子马克西莫·萨尔瓦多（Máximo Salvador）喂奶。"他们说我妈妈是一个地主，还说她在利马的一个中国餐馆里打工。不过，就算别人不相信我们也没关系，我们有文件。法院审案子的时候，我们全都出示了。"

麦克西玛·阿库纳的土地买卖契约显示，那些地块有的是她从父母那里继承来的，还有的是她用牛羊作交换，从兄弟姐妹手上买来的。那些地块零零星星散落在不同的山坡上，有些地块只能长草；还有些地块只能长生火用的草木；有的可以种些玉米、豆子——还得等下了雨它们才会生长。据估计，由于各种不利条件的挑战，秘鲁山区的一户农民家庭三十二公顷土地的收成，才相当于沿海农民一公顷土地的收成。麦克西玛说，"大喉咙"是她拥有的土地中唯一可以拿来生活的，因为这儿草长得茂盛，也有足够的空间养牛。最重要的是，这里有其他地块所没有的：水源。这块地上四处散布着泉眼。

"事实是，在阿马库乔有几块地，不可能让你变成有钱人。"曼努埃尔·阿亚拉（Manuel Ayala）笑着说，"简直荒唐！"他是麦克西玛从前的邻居，在那儿已经住了五十多年。

尽管如此，一些媒体仍然指责律师米尔塔·瓦斯奎兹和她运营的非政府组织格鲁菲迪斯弄虚作假，故意把乔佩-阿库纳一家装扮成受害者。他们说瓦斯奎兹不道德，是个骗子。瓦斯奎兹告诉我，他们甚至有两次破门而入，把她家里的东西全部砸烂了。当然，这事究竟是谁干的，她并不能完全肯定，不过她怀疑是公司的人干的，因为他们什么也没拿走。

"他们肯定是要报复的。"瓦斯奎兹说。她也是大学教授，并且是两个孩子的母亲。"亚纳柯察不会原谅我们在法庭上给予他们的打击。我只是为麦克西玛和她的家人担心。有时我也在想，我们付出的代价可远远不止二十五公顷土地的价值。"

在后来的几年里，亚纳柯察对乔佩－阿库纳夫妇的"侵占行为"又进行了不下十次的指控[8]，包括举报他们挖掘马铃薯田，在边界上种松树，在另一块土地上放羊；甚至举报他们焚烧羽毛草召唤雨水——这其实是那个地区农民的习俗。现在，他们在她的土地边上竖起一道金属围栏，生生切断了通往索罗丘科的道路——那是夫妻俩下山以物换物或购买食物的必经之路。每过一会儿，就有一架无人机从这块地的上空飞过去。社区成员和捍卫卡哈马卡湖泊的活动家们已经安排人员，不时去那边站岗放哨，保护他们一家人的安全。2015年，卡哈马卡地区长官波菲里奥·麦地那（Porfirio Medina）说，如果那名农妇发生任何不测，"人们会奋起作战，反抗矿业公司的暴行"。麦克西玛本人则坚持说，即使亚纳柯察公司的老板本人登门道歉，也无法让她忘怀她的遭遇。

"它早已在我心里扎了根。"

大雨突如其来，向"大喉咙"忘情倾泻。收音机里，"老虎台"正在播放一首女声歌曲，吟唱着上帝的饶恕、灵魂的慰藉。麦克西玛·阿库纳将收音机挂在肩头，迈开穿着胶靴的双脚，快步向棚屋走去。一只精瘦的白狗跟在她身边，一路蹦蹦跳跳，不停地吠叫。

"它叫乔尼（Johnny）。"这位农妇告诉我，嘲讽地笑了笑。

她特意给狗起了这个名字，是为了"纪念"那个纵火烧毁她第一个棚屋的亚纳柯察保安——他的名字就叫"乔尼"。

在我最后几次对"大喉咙"的拜访中，有一次是在麦克西玛新屋地基被毁的前几天。那次我亲眼看到亚纳柯察保安的卡车开了过来，停在那块地的外边。当时是正午时分。几名保安带着一小队警察走进那块地，警察全都戴着头盔，手持棍棒和盾牌，但没有佩戴身份牌。他们进入了小农场，对着夫妇俩正在建造的房屋墙壁拍照片、录视频。

麦克西玛和杰米跑向那群人正在走近的山丘。麦克西玛一边举起手机给当地的电台打电话，一边追赶着警察，大声喊着"你们这群畜生！"我也朝他们跑了过去。我询问一名警察，为什么他们进入这块地，是谁下令让他们这么干的，并声明我是记者。他没有理睬我。我开始用手机拍照片、录像，记录当时的场景。一个体格粗壮、皮肤黝黑、身穿蓝色夹克，看上去是亚纳柯察保安头目的家伙，挥舞着胳膊，通知所有人撤退，回到停在路边的卡车那儿去。我追了过去，要求那个穿蓝夹克的男人告诉我他的名字，但他只是远远地转头瞥了我一眼，大声吼道：

"你就不应该在这儿！"

那天晚上，我和这对农民夫妇都裹着毯子，坐在几张草垫子上。我们默默地吃着面条汤充当晚餐。吃完了饭，麦克西玛收拾起塑料盘子，杰米嚼着古柯叶，然后一支接一支地抽烟。泥巴糊的墙上有一个凹槽，里面点着一根即将燃尽的蜡烛头，摇曳着微弱的光。

"又有倒霉事要来了，古柯叶子发苦。"迷信的杰米喃喃自语，把一团绿绿的东西吐到地上。"我不明白……老是这么斗啊，斗啊……有时候我只想离开这儿。"

大雨猛烈敲打着锌皮屋顶，仿佛要把屋顶敲破。

"别怕。"麦克西玛说，"那些警察吓不到我。"

然后，她挨着杰米躺了下来，一口吹熄了蜡烛。

注 释

1 "明加"(minga 或 minka): 来自克丘亚语"minccacuni"，意
为"请求帮助并承诺以某物偿还"。这是在西班牙殖民之前
就存在的社区劳动传统，或出于某种社交意图（或为了达
成互助）而从事的自愿性集体行为。今天在不少拉美国家
仍然存在。

2 在 2005 年出版的《1491：前哥伦布时代美洲启示录》〔 *1491:
New Revelations of the Americas before Columbus (2005)* 〕一
书中，作家兼记者查尔斯·曼（Charles C.Mann）提到，有
一段时间，塔万廷苏约（即通常说的印加帝国）疆域的南
北纬跨度达到了 32 度，覆盖了今天的哥伦比亚、厄瓜多
尔、秘鲁、玻利维亚、智利和阿根廷诸国，相当于从圣彼
得堡到开罗的所有领土都在一方权力控制之下。不过这个
帝国尽管强大，却十分短命：它只存在了一百年，就被西
班牙摧毁了。

3 2005 年 10 月，《纽约时报》经过六个月的调查，发表了一
篇题为《秘鲁金矿争夺战中的各方纠葛》的文章，作者是
普利策奖获得者简·佩雷兹（Jane Perlez）和洛维尔·伯
格曼（Lowell Bergman）。文章描述了纽蒙特公司是如何获
取对亚纳科察矿产的控制权的，并谴责了其中的贪污腐败
与贿赂行为。1994 年，在藤森专政期间，亚纳科察公司原

先的股东是纽蒙特、秘鲁公司布埃纳文图拉以及法国公司
BRGM。后来，法国公司 BRGM 试图将股份卖给纽蒙特的
一个竞争对手，导致合作关系破裂。股份交易金额高达数
十亿美元。"丹佛巨人"纽蒙特将此案诉诸秘鲁法庭，要
求终止这笔交易。在藤森的顾问弗拉基米罗·蒙特西诺斯
（Vladimiro Montesinos）的干预下，纽蒙特最终在最高法院
打赢了这场官司。

4   2001 年，乔罗潘帕水银泄漏事件后，纽蒙特曾派公司排名
第三的执行官劳伦斯·库兰德（Lawrence Kurlander）赴秘
鲁执行环境审计。库兰德在报告中称，亚纳科察的矿区内
存在 20 项严重程度极高的问题，并确认农民们的投诉是事
实：水源遭到污染，鱼类正在消失。2005 年 10 月《纽约
时报》的那篇文章中说，审计结果显示问题实在太严重，
以致库兰德在备忘录中警告，公司的执行总裁们可能面临
"刑事起诉和监禁"。

5   2014 年，巴塞罗那大学（University of Barcelona）的食品
安全专家发布了一项研究结果，名为"秘鲁安第斯山区
（卡哈马卡）某金矿附近村民食物中重金属和准金属摄入风
险评估"。这项研究对亚纳科察的金矿附近的农民社区进行
了调查，发现他们的食物和水中均含有高水平的铅、镉及
其他重金属。研究发现重金属含量最高的地方是在拉·帕
朱埃拉（La Pajuela）社区。这些重金属都与癌症、肾衰和
心血管病的高发率紧密关联。报告的结论中说："合理建议

拉·帕朱埃拉的居民不要从那些水源取水饮用。"同一年，秘鲁环境部的报告中也发出警告：金矿泄漏的污水已经影响了拉·帕朱埃拉附近的圣·何塞（San José）社区。

6 记者劳尔·维纳（Raúl Wiener）和胡安·托雷斯（Juan Torres）在 2014 年出版书籍《大规模采矿：他们全额纳税了吗？以亚纳科察为例》（*El caso Yanacocha. La Gran Minería: ¿paga los impuestos que debería pagar?*）。书中提及，亚纳科察为总计 20609 公顷的土地支付了 107.3 万美元，每公顷仅 52 美元多一点。研究估计，卡哈马卡农民家庭因此遭受的经济损失约为 1000 万美元。

7 2005 年，PBS 前线节目（PBS Frontline）和《纽约时报》共同拍摄了纪录片《印加黄金的诅咒》[The Curse of Inca Gold（2005）]。在此期间，洛维尔·伯格曼（Lowell Bergman）采访了时任布埃纳文图拉矿业公司执行总裁并拥有亚纳科察 43% 股份的罗克·贝纳维德斯（Roque Benavides）。当洛维尔问及社会许可证（由社区颁发给公司，表示允许其在本地区开采资源的证书）时，贝纳维德斯——全秘鲁最有权力的执行官之一——回答说："我痛恨'社会许可证'这个词。我不懂'社会许可证'是什么意思。说到底，我们是要履行社会责任，关爱他人。但是'社会许可证'……我知道我们得从政府机关拿许可证，从矿业部拿许可证。我也知道还得从地区政府拿许可证。但我没想到，还得要整个社区发一个许可证。"

8　2017 年 5 月，秘鲁高等法院（秘鲁最高级法庭）宣判麦克西玛·阿库纳及其家人不存在暴力侵占"大喉咙"地块的行为。亚纳科察矿业公司表示接受判决，但同时表示公司还会向民事法庭申诉，主张公司对该地块的所有权。

第三章

石油

石油完美体现了人类对意外之财的永恒梦想：人们总是更乐于被幸运之神拥吻，而不是付出汗水、痛苦和辛劳去获取酬劳。从这个意义上说，石油就是一个童话。当然，和每个童话一样，它也有点像谎言。

——雷沙德·卡普钦斯基（Ryszard Kapuściński）[1]
《众王之王》（*Shah of Shahs*）

人们会为虚幻的幸福图景支付高昂的代价。

——埃利亚斯·卡内蒂（Elias Canetti）[2]
《笔记 1973—1984》（*Aufzeichnungen 1973–1984*）

---

[1] 雷沙德·卡普钦斯基，也译作瑞斯扎德·卡普钦斯基或雷扎德·卡普钦斯基，波兰记者、作家。他在职业生涯中多次报道非洲、中东和世界其他地区的战争、政变和革命事件，其主要作品有《皇帝：一个独裁政权的倾覆》《与希罗多德一起旅行》等。——译者注

[2] 埃利亚斯·卡内蒂，英籍犹太人作家、评论家、社会学家和剧作家。埃利亚斯·卡内蒂主要以德语写作，其主要作品有《迷惘》等，于1981年获得诺贝尔文学奖。——译者注

如果上帝能满足奥斯曼·库纳奇（Osman Cuñachí）
一个愿望，他想要一部智能手机；一个足球也行；要么把
脚上的塑料人字拖换成一双酷炫的运动鞋也可以。不过
他认真想了想，还是宁愿要一座用砖头和灰浆砌成的房
子——他在利马见过一次的那种。与纳萨雷斯（Nazareth）
最为常见的用树叶和茅草盖房顶的木屋比起来，那种
房子更能抵挡暴风雨。奥斯曼是个十一岁的阿瓦珲
（Awajún）①男孩，瘦得像条电线，身上套着一件褪色的蜘
蛛侠 T 恤。怀着这些愿望，奥斯曼计划去首都学习建筑，
将来娶妻生子。他只想生一个孩子，因为他知道，要养大
三四个甚至五个孩子，就意味着一辈子都得挨饿受穷——
村里人普遍都是这种情况，爸爸也是这么对他说的。他父

---

① 阿瓦珲（Awajún）是秘鲁丛林中的原住民部落之一，主要生活
在秘鲁北部的马拉尼翁河及其几条支流上。——译者注

亲是一名退休教师，每个月的养老金只有四百索尔（大约一百三十美元）——还不到最低工资标准的一半，却要喂饱五张嘴巴。父亲希望奥斯曼将来当一名化学工程师，好好学习石油知识，那样他未来的生活就会比自己要好过得多。他会这么想是因为，自从一根巨大的管道在这个亚马孙潮湿的山地森林中、全国第二贫困的地区发生爆裂并泄漏出约五十万升石油以来，一些大人成天都说，他们每个月去河里清理石油得到的报酬是种地收入的七倍，尽管他们也担心自己可能已经中毒。

2016 年 6 月，一个雨天的下午，秘鲁北部雨林中最大的原住民部落的成员之一——奥斯曼·库纳奇紧皱眉头，盯着村公所外面贴着的一张巨幅海报，心里感觉怪怪的。海报上是他自己的脸。此时距他蹚进一条满是石油的河流的那一天，已经过去六个月了。村公所通常是阿瓦珲人讨论村中大事的地方，比如选举社区领袖，修路，惩罚盗贼等。海报是一个卫生运动的宣传广告——这项卫生运动是由国家人权协调员和其他非政府组织共同发起的，内容是为二十五名男孩和女孩做体检——据说这些孩子曾下河收集泄漏的石油换钱，因而健康出了问题。照片上的奥斯曼身高不足五英尺，一张小脸、双臂和双脚全都糊满了黑色油污，身上的红色 T 恤印着白色字母组成的单词"Peru"（秘鲁）。他面带笑容，手里拎着一只肮脏的桶。

"你看上去真恶心！"他的小伙伴开玩笑说。那是个刺猬头男生，穿着巴塞罗那足球队的球衣，胳膊下夹着足球。奥斯曼用双手捂住脸。

这张令他自己十分窘迫、却将成为全国人民和国际媒体愤怒议论的焦点的照片，是他的邻居用手机拍的。并且，正是在拍照片的那一天，拥有四千居民、泥黄色的河流和数百万株参天大树的纳萨雷斯，陡然从巴古瓦（Bagua）省最大的社区变成了"过去十年中最大的生态灾难"的核心地带。

奥斯曼·库纳奇浑身沾满石油的那天下午，原本在和小伙伴们一起练习任意球。就在那时，整个国家利润最高的国有企业——秘鲁国家石油公司（Petroperú 以下简称"秘鲁石油"）的两名工程师开着一辆白色四驱卡车来到了纳萨雷斯社区。从那天一大早开始，奇里亚科（Chiriaco）河两岸就不断腾起一阵阵的腐蚀性烟气，像一片肉眼不可见的石油云一样，不断弥漫渗透进入木屋。秘鲁北部输油管线——一条从雨林延伸到海岸的长达八百千米的石油管线上，由于腐蚀裂开了一条十一厘米长的口子，大量原油泄漏进入了附近的溪流，泄漏量差不多有半个奥林匹克标准泳池那么多。秘鲁国家石油公司雇用当地人，用原木和防水油布制作了一道能把原油挡住几天的临时屏障，但当时没有人意识到，几个小时前一场猛烈的暴风雨已经让水位上升了，导致原油像黑痰一般溢出来，向下游缓慢流去，吞噬了所有的昆虫、树根、独木舟，还有沿途的大蕉、可可及花生等植物。随着原油缓缓扩散，动物们都逃跑了。母亲们在她们被毁掉的农田旁边抽泣。污黑的水面上漂浮着死鱼。2016 年，这条输油管道仿佛一条全身到处出血的金属大蟒，一共发生了十四起原油泄漏，污染了秘鲁的热带雨林。在这一连串的灾难中，纳萨雷斯首当其冲。

奥斯曼·库纳奇曾在六年级的科学课本上读到过，石油是史前物质，是和恐龙化石相同的物质形成的。他在动画片《猫和老鼠》（Tom and Jerry）的某一集中也看到过石油从地球内部涌出来的场景——一股势不可当的黑色洪流喷涌而出，令发现它的幸运儿人人欣喜若狂。但是在发生原油泄漏的那天下午，他只学到了一点，就是石油很值钱，因为开着四驱卡车来的秘鲁国家石油公司的工程师向各家各户宣布，任何人只要帮忙从河里打捞石油，他们都会付钱给他。

当地人干种植大蕉的农活，一天的收入只有大概二十索尔（六美元），而收集满一桶石油竟能赚到一百五十索尔——在亚马孙地区，这已是医生薪水的两倍。在这里，十个人中有七个是穷人；既没有饮用水也没有抽水马桶；妇女由于长期营养不良而遭受着贫血的折磨；五岁以下的孩子死于疟疾的比被蛇咬死的还要多；而寒冷的风和不期而至的干旱使得土地贫瘠，难以耕种。在这样一个地区，秘鲁石油公司支付的钱，比一个阿瓦珲人能想象的一周收入还要多。

工程师们没有提到的是，这个工作是有危险的。他们既没有发放防护服，也没有解释谁适合干这个活，谁不应该去干。那天下午，好多家庭都全家出动，冲到河边去，竭尽所能打捞石油，捞得越多越好。

奥斯曼·库纳奇和他的三个兄弟姐妹一起来到被污染的河边，看到小孩、孕妇、老奶奶和年轻人都在水里蹚来蹚去，或者坐着独木舟，全都在往桶里、塑料瓶里舀石油。他们以前经常在这条河里洗澡，或者在岸边玩泥巴，堆城堡。也是在这条河里，他们学会了游泳，经常来这里抓鲤鱼和鲇鱼。然而现在这条河却散发着令人恶心的金属气味，弄得他们喉咙发痒，眼睛忍不住流泪。奥斯曼四岁的小弟弟罗伊斯（Roycer）是第一个放弃的，然后七岁的奥马尔（Omar）和十四岁的姐姐奈丝（Naith）也都放弃了。只有奥斯曼浸泡在污黑的水里，下定决心继续捞石油，直到把桶装满为止。当然他并不知道，沾在他手上的这种可以燃烧的液体，可以让整座城市运转起来。

除了去加油站给车加油，闻到那股刺鼻气味的时候，我们很少会念及石油。这并不是说，我们只要捂着鼻子站得离加油泵远点，就能跟石油撇清关系了。因为在过去的一个多世纪中，由于石油的巨大力量，也由于从其中衍生的各行各业，石油早已全方位进入了我们的生活。全球每年开采的石油中，有百分之八十四都用来为我们的大楼供暖，以及让机器设备和车辆保持运转——想一想制造电视机的工厂，或者我们度假时乘坐的飞机吧！其余的百分之十六则转化成了各种原材料，用于制造好几百万种物品。没有这种"黑色金子"以及炼油厂里正在进行的现代炼金术，我们就不可能嚼口香糖或开汽车，也不会有各种各样的生活用品，比如运动鞋、牙膏、除臭剂、隐形眼镜、柏油马路、轮胎、带轮行李箱、香水、唇膏、太阳镜、清洁剂、漱口水、润肤霜、假牙、运动服、一次性剃须刀、尼龙带、不粘锅、发胶、指甲油、防晒霜、雨伞、垃圾袋、人工心脏瓣膜、阿司匹林、抗癌药、化肥、食品防腐剂、聚苯乙烯杯子、维生素片、光纤、水泥、牙膏、香波、浴帘、自来水软管、笔记本电脑、相纸、香皂、染发剂、圆珠笔、油墨、X 射线机、矿泉水瓶、人造花、桌布、地毯、胶水、假发、火柴、灭火器、救生衣、炸药、假睫毛、马桶圈、音乐 CD、耳机、浴缸、衬衫纽扣、卫生纸、避孕套，或者几乎所有塑料制品：从太空飞船的部件到芭比娃娃；从足球到全世界现有大约三十亿部智能手机中的任何一部——阿瓦珲男孩奥斯曼·库纳奇正是因为想要一部智能手机，才一心想攒满一桶石油，好从石油公司的工程师那儿换到他们许诺的报酬。

奥斯曼和兄弟姐妹们回到家时，天已经黑了。母亲一见到他们便痛骂了一顿，因为他们没有得到允许就自己跑出去了。然后他们跑进晾着衣服和养着鸡的院子，努力用肥皂和水擦洗身上的油污，但是怎么也洗不掉。换成洗洁精，也不行。用板刷和洗衣液使劲刷脸、胳膊和腿，依然不管用。后来，一个跟他们一起下河的表哥建议他们用摩托车汽油来洗。那天夜里，奥斯曼无法正常入睡，因为他的皮肤痒得要命，又因被刷洗得太狠而火烧火燎的。第二天上午，石油公司的工程师们又开着他们的四驱车回到了纳萨雷斯。空气中依然充斥着石油的臭味。有三十多个阿瓦珲居民正等在路边，手里都提着满桶的石油。之前他们得到的出价是一百五十索尔（四十六美元）一桶，可是到最后，尽管怨声四起，工程师们每桶只肯付二十索尔（六美元）。奥斯曼记得有一个工程师问他多大了，又让他把名字写在一个笔记本上，然后给他收集的那桶石油，支付了两个一索尔（约六十美分）硬币——那个工程师说，他的桶里水比油还多。"奥斯曼"这个名字的意思是"像小鸟一样温顺"，他人如其名，没有像其他孩子那样抗议。回家后，他给了妈妈一枚硬币，拿另一枚硬币和朋友一起去买了罐百事可乐和一袋小动物饼干。

就这样，某一天，你忽然从一个普通小孩变成了新闻主角。每个人都对你大感兴趣，可是人们又几乎对你一无所知。报纸、电视台和非政府组织（NGO）的代表蜂拥而至，他们从利马出发，驱车横跨安第斯山脉，沿着浓绿植被之间令人眩晕的弯道，穿过温暖的山谷，经过长达二十三小时的长途跋涉，风尘仆仆地来到纳萨雷斯———一个原住民社区，你的出生地。他们到这儿来，是想见到你。他们打量着你，问你五花八门的问题：你害怕吗？你是怎么蹚到河里去的？你那些沾了石油的脏衣服在哪儿？能给我看看吗？他们简直像在竞赛，看谁能讲出最可怕的故事，因为他们知道，对这一类悲剧最感兴趣的，正是那些生活在塑料制品泛滥的城市里、从未经历过这些悲剧的人。这样的故事能让他们感到欣慰，庆幸自己不是你———一个浑身沾满油污的小男孩。

"我爸爸说，只有坏事情发生时，人们才到这儿来。"奥斯曼·库纳奇盯着村子里的告示牌上他自己的照片。"我想让他们看看我在罚点球时是怎么救球的。我才不要他们可怜我。"

晚上六点钟，纳萨雷斯的天空呈现极深的紫色。下雨了。这个说法或许太轻描淡写了——在这里，"下雨"的意思是水柱无休无止地从天往下倾泻，伴随着把洋蒲桃树刮得东摇西晃的狂风。村公所的锌皮屋顶在漏水，水滴在地上，聚成一个个小水洼。屋里没有电灯，因为发电机出了问题。四十多岁、身材高大魁梧的费尔南多·奥索雷斯医生（Fernando Osores）在昏暗的光线中竭力想要看清楚东西。他正在为二十五名阿瓦珲男孩和女孩逐个抽血和采集尿样。这些孩子的年龄在六岁到十五岁之间，他们全都在六个月前下河打捞了石油。

孩子们的父母在许可表上签字后，这些孩子便排上队，一个一个地进入村公所里的帐篷。这位从利马来的医生负责采集样本，然后他会将这些样本送往加拿大魁北克省国家公共卫生研究所（Canadian Institut National de Santé Publique du Québec）的实验室进行化验。根据国家卫生法规，秘鲁国立医院的医生本应在原油泄漏的次日便分析事件的后果。然而，到现在已经六个月过去了，接着时间会一年又一年过去，而他们什么也不会做。"他们一定很忙。"奥索雷斯医生皮笑肉不笑地评价道。突然，一个瘦瘦的男孩因为恐惧针头，从咨询室跑了出去。男孩的父亲用阿瓦珲语吼了一句，也跟着追了出去。汗滴如雨的医生让人举着他的手机，用手机上的手电筒照明，才能看清手上的动作。

奥斯曼·库纳奇没有和别的孩子一起坐在那儿排队等着扎针。雨渐渐停了，他和小伙伴们一起，还有他的黑狗"好运"（Lucky），在外面的一块平地上消磨时间。他们捉了蝎子和其他昆虫，然后划火柴把它们烧死。几米以外，奥斯曼的父亲——六十六岁的杰米·库纳奇（Jaime Cuñachí）正坐在一张木凳上补渔网。他已经坐了一整天了，一顶灰帽遮住他的光头，从绿色短裤的右裤管中露出一截残肢。两年前，由于糖尿病导致的坏疽，他被迫截了肢。糖尿病在阿瓦珲是常见病，并且由于糟糕的饮食和药品的匮乏很难治疗。

"我虽然丢了条腿，可是记性还不错。"曾经担任过纳萨雷斯部落首领的库纳奇先生咧嘴笑了笑，露出仅剩的几颗牙。他一边和我说话，一边用一块旧布拍打脸上的蚊子。

他说，他儿子现在玩耍的足球场是一座埋葬着旧管道和旧机器的"坟场"。这些管道和机器是 20 世纪 60 年代后期用于建设秘鲁历史上最大的工程项目之———秘鲁北部管线项目的。为了建设这个项目，胡安·贝拉斯科·阿尔瓦拉多将军的军政府投资了约十亿美元和两千名壮劳力。政府老调重弹，说这个项目意味着秘鲁"将跻身第一世界"。

在纳萨雷斯，一些年长的阿瓦珲老人通过过去的时光对石油有一定了解。阿瓦珲人曾被早期的编年史学家称为"头颅收割族"，他们因战士般刚强果毅的性格而受到尊崇，是印加人和西班牙士兵都无法打败的众多亚马孙原住民部落之一。数百年来，他们一直与世隔绝，直到20世纪中期，开采工业和"外地佬"（apach muun）——白人——现身，运来了可以钻入地层的庞大机器。

输油管线项目开始时，库纳奇先生还是一个小男孩，也不会说西班牙语。当年的纳萨雷斯只有几座草木屋，分散在森林和一条奔涌的泥黄色河流之间，河床上尽是光滑的巨石。阿瓦珲人常穿棕色棉布上衣，戴着植物种子串成的项链，脸上用胭脂树种子制成的红色染料画着图案。他们用死藤水与丛林里的精灵进行沟通。几个世纪以来，安第斯人民都把他们称作"阿瓜鲁纳斯"（aguarunas），这个词来自克丘亚语的"awajruna"，意为"织布的人"。但在阿瓦珲人的语言里，他们总是称自己是"liaénts"，意为"真实的人"。

一天，有几个工程师拖家带口来到这里扎营，准备建造一段管线。库纳奇先生那时经常和这些陌生来客的子女——白人小孩——一起玩耍。他拿木瓜跟他们换塑料小汽车，拿打猎用的吹箭筒换他们的胶皮弹弓。他还学会了说西班牙语。施工开始以后，每天都有军用直升机将巨大的管件运送进来。大人们用弯刀为机器开辟道路时，阿瓦珲的孩子们就在未安装的管道里跑进跑出，玩捉迷藏游戏。管道完工后，美国公司的施工项目负责人威廉姆斯（Williams）决定将所有的剩余材料埋在奥斯曼和他的小伙伴们现在玩的那个足球场下面，因为就地掩埋比把它们搬运走在成本上要低得多。终于有一天，工程师们撤走了。后来便有一些家庭离开林地，在被废弃的营地里安了家——当时那儿到处出没着能吞食死老鼠、吓跑蛇的黑蚂蚁。在那里，他们建起了第一所自己的学校，此后又修了路，也通上了电。后来还有了有线电视、医疗诊所。好几百名原住民和外地人都受到这种表面繁荣的吸引过来，在这里定居了。

大约半个世纪过去，纳萨雷斯形成了一个村庄，村民都是渔夫、农民、小店主和摩的司机，他们在奇里亚科河的两岸安家立业。现在，奥斯曼·库纳奇和其他阿瓦珲男孩一样，被大人们禁止下河钓鱼或游泳了。自从发生石油泄漏事件，环保机关便禁止了那些活动，因为在河水里和鱼类的体内都发现了大量的铅和镉。铅是一种有毒物质，即使少量摄入也会影响儿童的大脑发育，导致贫血和高血压，并对大脑神经中枢造成不可逆的影响；镉则会对肾脏、骨骼和肺部造成损伤，并可致癌。

阿瓦珲人说，这些有毒金属是从石油当中来的。秘鲁石油却说，石油中的这些金属含量极微，可以忽略不计。商业顾问、国家警察总局退休警长、秘鲁石油当时的总裁赫尔曼·委拉斯开兹（German Velásquez）表示，这些金属是来自附近城镇排到奇里亚科河里的污水和弃置在河两岸的垃圾，比如塑料瓶、用过的一次性尿布、废电池和机油。

"如果有机会搞到某种经济补偿，他们会说石油弄得他们哭鼻子。"委拉斯开兹对我说。那是一个下午，我们坐在利马一家咖啡馆里聊天。他五十多岁，头发花白，戴着厚厚的玳瑁边眼镜，嘴角有意识地微微上翘，扯出一个似笑非笑的弧度。"我研究过了，要想石油中毒，你得在一桶石油里坐上三四天。我已经去奇里亚科河里游过泳了，一点问题也没有。"

官方和企业的态度是如此乐观，科学界的解释却截然相反。

"无论是谁，只要他说石油对人无害，都是撒谎。"几周以后，费尔南多·奥索雷斯医生是这么对我说的。那时他正在休息，从繁重的工作中喘口气——为了给受害社区里那些男孩女孩采样，他已连续工作了十个小时。

奥索雷斯是环境毒理学和热带疾病专家。二十年来，他一直致力于处理秘鲁的矿业、石油和天然气公司导致的污染事件。他解释说，石油泄漏会导致无数烃分子汽化形成有毒气体，并迅速扩散。人们如果吸入这些气体，短短几分钟就会出现头痛、眩晕或胃部不适。如果有人在没有防护措施的情况下和石油接触了好几天，情况就更糟：他们会出现皮肤过敏、喉部刺痛、呼吸困难等症状。石油是好几百种烃类物质的混合体，其中一些物质（比如苯和二甲苯）会破坏神经系统，长期与之接触会致癌。石油泄漏到河里，则会导致另一个问题：这些石油会分解成微小的液滴，和污泥颗粒混合在一起，在河床上沉积下来。这种情况下，会形成一个反应链：受污染的颗粒给细菌提供营养；细菌成为水中微生物（即浮游生物）的食物；浮游生物成为鱼的食物；鱼成为人的食物。随着时间的推移，石油污染终于不见了，消失得无影无踪、无声无息。但它实际上是隐身了——变成了肉眼看不见的分子，而我们的感官再也注意不到它正在对身体造成的损害。

奥索雷斯医生用一句话做了总结：

"摆在我们面前的是一场化学灾难。"[1]

*

过去一百五十年中全世界的石油消费，既是人与石油历史不算悠久且正在进行的关系，又像西班牙殖民之前南美洲古老神话在今日的重现。"石油"在英语中称为"oil"或"petroleum"，后者来自拉丁语，含义是"石之油"（stone oil）。在全球许多地方，在历史的不同时期，都有人发现过石油，并将它用在实际生活中或节日、宗教、魔法仪式上。在美洲，这种物质至少有两个可以追根溯源的名称。阿兹特克人（The Aztecs）管它叫"choppotli"。另一个名字则来自秘鲁北部海岸曾经存在过的焦油坑：古代秘鲁人将遥远沙漠边缘的那些臭水塘叫作"copé"，其来源可以追溯到更遥远的古代——巨人时代①。据传说，这些无法解释的井坑，正是那些巨人挖的。历史学家巴勃罗·马塞拉（Pablo Macera）描述过古人对石油的迷信观点：他们认为这种神秘而不可知的物质是邪恶的。古代秘鲁人将石油称为"魔鬼的粪便"。

好几个世纪过去了，我们既经历了战争，也经历了科技的进步。今天我们对石油的极端依赖已经使它成了政客和环保主义者频繁争论的话题。2007年，世界能源会议（World Energy Conference）宣布，地球上的石油储量只能再维持一两个世纪，而全球最大的石油公司——沙特阿拉伯国家石油公司（Saudi Aramco）当时的总裁阿卜杜拉·祖马（Abdallah S. Jum'ah）却说，在未来很长一段时间内，世界不需要担心石油的终结。

尽管企业界如此有信心，负责监测全球能源储量的国际能源署（the International Energy Agency）却已预言，

---

① 巨人时代：人类远古传说中存在的一个时代，那时的人类体形十分高大，达到两米以上。世界各地都有关于巨人的传说，从希腊神话、印欧语系神话，到中东、亚洲及美洲地区的神话，以及《圣经》故事中都有他们的痕迹。——译者注

到 2030 年，世界需要相当于六个沙特阿拉伯的石油储量才能满足需求。能源专家、国际能源署的执行总监法提赫·比罗尔（Fatih Birol）警告说："我们应该在石油抛弃我们之前摆脱石油。"

谈到这种"黑色金子"的商业开采，秘鲁堪称拉美先驱。1924 年，委内瑞拉刚刚开始成为产油国时，秘鲁俨然已是拉美地区的先锋了。石油输出国组织（OPEC）数据显示，大约一个世纪以后，委内瑞拉的石油产量达到了一百五十万桶／天，秘鲁的产量较之少了三个百分点。秘鲁成为石油巨人的民族主义梦想以失败告终：今天，秘鲁北部输油管线的输送量只达到实际输送能力的百分之十。这些原油都是在阿瓦珲人和其他民族群体生活着的亚马孙地区开采出来的，比中东的原油更为浓稠，炼制成本也更高，而且已经渐趋枯竭。与此同时，秘鲁的人口却在增长，相应地燃料消耗也在增加。根据英国石油公司（BP）的《世界能源统计年鉴》（*Statistical Review of World Energy*），秘鲁是全球二十个对石油"最上瘾"的国家之一。然而，它同时又是最容易遭受全球变暖和化石燃料使用带来的危害的国家之一，在美洲国家中排名第四。石油行业和肉制品行业向来遵循同一模式：富国从消费中获得的收益远大于穷国在生产上获得的收益。

有必要指出（其实显而易见）的是，价值万亿美元的石油工业是世界上最肮脏的工业之一，但它提供的能量已经取代了人力和畜力，这个事实使它推动了人类的极大进步，也使其成为全世界迄今为止最伟大的一项发明。然而科学家们坚持，到 21 世纪后半叶，如果诸国仍未能摆脱化石能源、转而使用对地球破坏性较小的能源，大自然和现有经济体系都很可能崩溃。

崩溃并不仅仅因为生态遭到破坏，现实压力才是决定性因素：维系生活正常运转的石油即将耗尽，而我们对此无能为力。

奥斯曼·库纳奇不太懂环境政治学，也从没听到过比罗尔说的话，但有一件事他是十分清楚的——他知道一旦身上沾满了油污，要把它洗掉有多么困难。在下河收集石油并用摩托车汽油擦洗身体之后不久，奥斯曼有一次在学校的集体检阅活动中晕倒了。老师向他的父母反应，这孩子经常上课时趴在桌子上睡觉。他有好几天一直都感到头很疼，并且不时发生眩晕。他的两条胳膊和两条腿上布满了疹子，痒得他忍不住抓挠。就在那时，他全身沾满油污的照片开始在社交媒体上疯传。人们将这次漏油事件称为"过去十年中最严重的生态灾难"。秘鲁石油表示对已发生的事件感到抱歉，但否认了曾雇用儿童打捞石油。然而，奥斯曼的照片便是有力的证据，让公司陷入了争议的旋涡。

原油泄漏事件发生两周后，公司有几个工程师上门来看望过他。经过库纳奇先生的同意，他们带奥斯曼和他的姨妈去了皮乌拉（Piura）的一家私人诊所。皮乌拉位于秘鲁北部海岸，是秘鲁石油的主要炼油基地。在那儿，他们给他验血、做 X 光检查，还带他去广场散步，并出去吃了一顿烤鸡。他们安排他住在宾馆里，房间里有电脑，他可以玩《植物大战僵尸》——这是他最喜欢的电脑游戏之一。这样过了一周半，他回家了，带回来一些维生素、对乙酰氨基酚药片、用来抹皮疹的乳霜和一张健康证明。医疗诊断报告上说，这男孩只是贫血。

回到纳萨雷斯，奥斯曼去找小伙伴玩，可他们都不愿意跟他玩了。

"公司为什么只照顾你一个人？"有个孩子抱怨，"我们也都去捞石油了，可是没有人带我们到什么地方去啊！我打赌他们还给你钱了。"

奥斯曼伤心了好几天。后来他妈妈尤兰达（Yolanda）给了他几个硬币，他拿去给朋友们买了些糖，然后他们就和好了。

尤兰达·亚姆皮斯（Yolanda Yampis）三十岁左右，黑发齐腰。她每次开口说话都面带微笑，仿佛有些窘迫。和大多数阿瓦珲妇女一样，亚姆皮斯的笑声高亢，节奏分明而富有感染力——呵呵呵，呵呵呵……，简直像在唱歌，又像在模仿一只不知名小鸟的婉转啁啾。她说，原油泄漏之后的那些日子里，纳萨雷斯和附近其他社区的许多成年人都无心种地，跑去给秘鲁石油打工了。

亚姆皮斯也为秘鲁石油打工。学校快要开学了，她需要钱。雇用她之后，秘鲁石油的工程师们把她装扮得活像从某部辐射灾难主题电影里走出来的角色：白色塑料连体衣、橙色头盔、护目镜、胶靴、手套和"防毒面罩"——其实是护士使用的那种口罩[①]，并不能阻止她呼吸原油释

---

① 英文中，面具和口罩都可叫 mask。Gas mask 一般指防毒面具，但"护士用的"应为口罩。——译者注

放的有毒气体。有一个月的时间，亚姆皮斯和其他好几十个人一起，用铲子把受污染的泥土挖掉，把沾到原油的植物拔起来装进袋子。干这个活，她每个月能挣四千索尔（一千二百美元），是她丈夫退休金的十倍。她用这笔钱买了台冰箱，这样就可以卖汽水和啤酒了。她还给四个孩子买了些学习用品；又买了根树干，给家里加盖了一间屋。她还请人帮她收割了自家半公顷田地里种的大蕉，支付了帮工薪水。

"不过，这笔钱已经快花完了。"她语调轻柔，西班牙语说得磕磕巴巴。

这会儿，亚姆皮斯抱着胳膊，站在村公所里，和其他孩子的父母在一起。她笑不出来了。现在的她表情僵硬，紧紧抿着嘴巴。在暗淡的光线下，她紧张地看着奥索雷斯医生，后者正在为她的第二个孩子奥斯曼抽血。

"石油泄漏给了我一个机会，可是，如果最后你会中毒，那这机会又有什么意义呢？说不定我的孩子们都中毒了。说不定我也中毒了。天知道！"

这位母亲说，自从奥斯曼·库纳奇打捞了满满一桶石油后，他的两条胳膊和两条腿总是起疹子。他的弟弟奥马尔（她的第三个孩子）一直头疼，并且总是拉肚子。纳萨雷斯的其他孩子也和他们差不多，在下河收集石油之后，都开始感觉不舒服。漏油事件发生一个星期之后，社区召开了会议，随后向乌马拉总统和卫生部部长递交了一份声明，请求国家紧急关注此事。声明中列出了那些收集原油后感觉不适的孩子们的姓名——仅在这一个社区就有五十多个。秘鲁石油后来捐赠了数吨物资和瓶装水，并为这些居民专门安排了健康卫生主题活动。然而，直到 2017 年 1 月——距原油泄漏事件已过去了一年，这个雨林地区仍然没有一个人拿到国家的医疗诊断书，明确诊断他们是否受到了原油中含有的物质的毒害。政府也从未派人到纳萨雷斯或其他受影响的社区去为每家每户进行全面体检。[2]

"似乎政府想等上个十年、二十年的，等到有关的人都死了，他们才会过来查看情况。"奥索雷斯医生对我说。他正在把采集的头发、血液和尿液样本装进干冰盒。这些样本当夜便会被飞机送去加拿大的实验室。

这些检测只是第一步，目的是评估纳萨雷斯的孩子们受毒害的程度。然而，几个月已经过去了，泄漏的原油不仅仅影响人们的健康，也影响着一些人的思维方式——特别是当灾难和不断弥漫的恐慌给了他们赚钱机会的时候。

*

一个失去左臂的阿瓦珲人在看守秘鲁石油的营地。营地就设在发生泄漏的溪流附近，是一排蓝绿色帐篷，紧挨着路边。这条路通往这儿的主城镇——奇里亚科的中心，从纳萨雷斯打摩的去那儿只要十分钟。帐篷里有正在察看地图的工人，在笔记本电脑上检查电子表格的工程师，还有一个非常年轻、看上去百无聊赖的医生。医生穿着厚厚的防护服，难当闷热地坐在两台风力开到最大的电风扇前面。这些人便是负责策划漏油清理工作的团队，他们绝大多数来自利马或沿海城市。

营地入口处有一块巨大的红底白字标语牌，用大写字母醒目地写着：

> **严禁雇用**
> **未成年人**

他们解释说，这是公司的措施，为了防止"媒体上出现谣言"。

"我们秘鲁国家石油公司做事一向规规矩矩。"

负责监察奇里亚科河原油清理情况的秘鲁石油工程师是个五十多岁的利马人，鼻子尖尖的，说话总是很仓促的样子。他每过二十分钟就提醒我一次，在这篇文章里不要提他的名字，因为他害怕丢饭碗。带我们过来的卡车满载着成袋的大米、豆子、金枪鱼罐头和大号塑料桶装水，这些都是公司赞助给分布在十个社区的几个学校的物资——这十个社区赖以为生的河流都受到了污染。

这是一个炎热的上午，空气湿黏得令人窒息，大家都懒洋洋的。匿名工程师告诉我，他们已经竭尽所能地让所有东西恢复原样，现在清理工作已接近尾声。

"我们为八百多人提供了工作，支付的薪水也相当高，他们一辈子都不会再有这种机会了。"

坐在我旁边的是这位工程师的助理叶塞尼亚·冈萨雷斯（Yesenia Gonzales），她附和说这是事实。她还向我介绍了她在为秘鲁石油公司工作期间的所有收获。冈萨雷斯住在奇里亚科，但出生在皮乌拉市（这个城市与它所在的省同名）。皮乌拉在秘鲁北部海岸，近几十年来，那儿的男人和女人都搬到雨林中去了，不是种地就是开商店。她二十四岁，由于参与了许多体力劳动，身材十分苗条。她脸上时时挂着微笑，两只眼睛又黑又亮，眼神相当机警。

石油泄漏事件发生时，冈萨雷斯和她当建筑工的丈夫带着两个女儿挤在一间小小的出租屋里。她经营着一个果汁摊，每天工作十二个小时，却只能挣到十索尔（三美元）。一天下午，有个朋友告诉她，秘鲁石油正在招募工人去清理漏油。她和丈夫连续十天都一大早就起床赶到营地去，那儿一共有差不多五十人在等待机会，既有本地人，也有外来者。

现在，她进入公司工作已经三个月了。她几乎做遍了所有工作：下河去捞原油；扛装着受污染泥土的大包；用高压水枪一块一块地清理岩石。有时候，出于好奇，她会用手指夹起一小块原油，看看它奇怪的颜色，感觉它的黏性，就像触摸一块被太阳晒化了的黑色口香糖。她每个工作日都从早上七点干到下午六点，可以挣到一百五十索尔（四十六美元），星期天薪水还能翻倍。叶塞尼亚·冈萨雷斯比当地的老师收入还高。

"这儿没有人会付这么高的工资。"她睁大了眼睛说，"我对石油公司十分感激，因为干这些和石油有关的活，我才能挣到这么多钱。"

石油如同一只深不见底的大桶，里面装着无尽的慷慨。——这个观念在当地社区深入人心，且一直如此。冈萨雷斯的激动令我想起热情洋溢的旧时光——那个时期，由于发现了深埋于地下的自然资源，秘鲁热带雨林被看成了应许之地，国家的繁荣富强都将在此实现。

秘鲁雨林中的第一口油井钻成时，后来被军政府据有的《商业报》（*El Comercio*）在 1971 年 11 月 17 日的头版文章宣布：

沐浴在石油中

在特龙佩特罗斯（Trompeteros）地区（秘鲁北部洛雷托省热带雨林中）工作的五百名劳动者与国家石油公司的团队一起在石油中唱歌、跳舞、沐浴，欢庆这个对我国经济具有巨大意义的发现（精确的发现时间是上午 7 点 15 分）。整个上午，特龙佩特罗斯都在举行盛大的庆祝……得知这一喜讯后，共和国总统、陆军总司令胡安·贝拉斯科·阿尔瓦拉多将军通过电话向为上述发现做出贡献的功臣们表示了祝贺。

时任秘鲁石油总裁的马尔科·费尔南德斯·巴卡（Marco Fernández Baca）也是该政权内的一位将军，他信心满满地宣布："秘鲁经济的未来已经有了保障。"

从 19 世纪中期充满血腥味的橡胶繁荣以来，秘鲁热带雨林还从未如此受人欢迎。亚马孙社会从来都是自给自足：人们打猎、捕鱼、采集、耕种，既不依靠外部世界生存，也接触不到非自产的产品。多年以后，石油热和秘鲁北部输油管线的建设却在秘鲁热带雨林中产生了大量的人力需求。原住民去为公司打工，然后拿得到的工资买收音机、猎枪和药品，也有不少人把钱花在了啤酒和妓女身上。原住民社区全面终结了自给自足的状态，开始依赖从石油公司赚到的钱。他们搬到城里或者营地居住，寻求更好的前景。有些人忘记了自己的语言和风俗习惯，一心以为在城市里就能混出个模样来。

石油从热带雨林的地下喷涌而出四十年后，走在奇里亚科泥泞的街道上，已颇可领略一个城镇的繁华。喧嚣市声不绝于耳：四处招揽乘客的小巴士的引擎声；穿着紧身牛仔裤沿街兜售食品的女孩的叫卖声；商店里的有线电视播放的盗版雷鬼音乐CD；福音派教堂门口唱的赞美诗；光膀子的工人敲碎用来盖房子的石头时发出的有节奏的敲打声；母亲抱着婴儿在银行外面排队时，怀抱中婴儿的哭声；还有高音喇叭十分钟一次的播报声："需要两个人卸车。有意者请去罗西塔杂货店报名。"从原油泄漏那日开始，奇里亚科看上去就像利马的工人阶级聚居区：噪声越来越大，混凝土越来越多。"石油工作"让摩的、药店和食品店的数量翻了一番，酒馆、旅舍和妓院都人满为患。甚至有些工人在酒吧里灌了几杯啤酒下肚后，开玩笑地扬言要"在管道上开个洞"，这样就业机会就不会枯竭了。数百名当地人和新来的外地人都在这里做着清理漏油的工作，每个人——几乎每个人——的腰包都鼓了起来。

叶塞尼亚·冈萨雷斯告诉我，她的好几个朋友都找了收集漏油的工作，并通过这份收入解决了他们的难题。一个朋友做了眼科手术，另一个朋友带女儿去利马做了心脏手术。还有一个朋友是单亲妈妈，在奇克拉约（Chiclayo）买了一套公寓。奇克拉约是沿海人口最多的城市之一，那儿的沙滩最为著名，宛如画出来的一般完美。

"尽管造成了破坏，有些人还是对已经发生的事情感到高兴。"

有些人也许认为这是机会主义。

经济学家会说这是"正外部性"。但是，冈萨雷斯不会同意，她告诉我：这是为了生存。

正午的酷热笼罩着这片亚马孙雨林中的一切，令人难以喘息。我们坐着秘鲁石油公司的卡车在镇上绕来绕去，直到送完最后一批食品。我们在河边停了下来，这个位置正对着瓦查皮亚（Wachapea）阿瓦珲人社区。它也是国家认定的受到原油泄漏事件影响的十个社区之一。为了清除泄漏的原油，除了靠手工收集和机泵抽，工人们还使用了一种名为"橙子"的生物降解产品。之所以叫这个名字，是因为它闻起来是橙子味的。这种产品能溶解残留在河面上的原油，至少看起来如此。[3]那位匿名工程师告诉我，这就是为什么我们所在的这个地区现在看起来是干净的，尽管或许还存在一些"轻微且无害的污染物，就像一滴石油落进整条河一样。"

我们在奇里亚科河岸边遇到一位肤色光洁、头发灰白、脖子上挂着木质十字架的女士。她叫罗莎·维拉（Rosa Villar），是"信仰与欢乐"第六十二圣·何塞学校（Fe y Alegría 62 San José）①的校长。这是一所为有原住民血统的混血女孩及阿瓦珲族女孩开设的寄宿学校。她问我们有没有看到学生在河里游泳或戏水。

"你看，有些孩子还是会下河。"这位虔诚的女士解释，"想想，我们有五百多个女学生呢！吃过午饭他们就跑光了，就是这样。这条河是他们的乐园。"

"按理我不该说，这您知道，"工程师对此的回复是，"就是刚才，我都愿意在河里游上四十个来回！现在你说，就算树根那儿还有些石油颗粒，我又能怎么办呢？把这条河倒过来抖抖干净？"[4]

虔诚的女士做了个怪相，看上去忧心忡忡，但她什么也没说。工程师相当为企业着想，尽力想说服她。但是，无论花多少钱，都无法在短时间内就修复被破坏了的生态系统。专家们都说，要想让被原油泄漏污染了的山谷自然

---

① "信仰与欢乐"（Fe y Alegría）是一个地方组织联合会，为 19 个国家的社会最贫困阶层提供教育机会，同时提供教师培训和教育广播。其总部位于哥伦比亚波哥大。——译者注

恢复，你得耐心等待，几十年不够，就再等几十年。同时你也不得不耐心等着，逐步发现它对人的健康会有什么样的影响，影响的程度如何。等待，无穷无尽的等待！即使人类寿命现在已经变短了。[1]

送完配给之后，我们沿着一条土路开回秘鲁石油的营地。工程师的助理叶塞尼亚·冈萨雷斯指给我看一座豪华的有着斜屋顶的混凝土住宅。

"看，那是我的房子！别人都说，如果我在二十四岁就已经拥有了自己的房子，那我将来还会拥有什么，简直不可想象！"

冈萨雷斯和她丈夫为秘鲁石油工作了四个月，便建起了自己的房子。他们这段时间一共挣了大约三万索尔（九千美元）。如果想靠在市场上摆摊卖果汁赚这么多钱的话，她得不停不休地工作十年，还得攒下每一分钱。拿着在石油公司的薪水，他们不仅盖了房子，还清了债务，还买了一台平板电视、一套音响、一台冰箱和一辆摩的。另

---

[1] 作者的诙谐语。圣经里人类先祖的寿命动辄好几百岁，现代人没有那么长的寿命了。此处意即"人的寿命本来就不长，你等不起那么久"。——译者注

外还为两个女儿买了布娃娃和滑板车。现在他们还有了自己的果汁店。

我去拜访她时，她告诉我，她丈夫的一个朋友刚刚透露给他一个消息：秘鲁北部输油管线在穿越乌奇奇安戈斯（Uchichiangos）河的那一段发生了泄漏。那边有另一个阿瓦珲人社区，距离这儿开车两小时的路程。负责调查泄漏原因的机构——评估和环境控制署——后来说，这是"第三方"造成的，有人用锯子把管道割开了。冈萨雷斯因为有了经验，便认为自己可以去那边工作，好赚够钱把新房子的后院建完。

"有人对我说：别一个劲往石油里钻，你会死在那儿的。过五年你就看到了，你会得病死掉的！"叶塞尼亚·冈萨雷斯面露她惯有的羞怯微笑，"这种话我听听就算了。我才不怕呢！我很开心！看，我很健康啊，哪儿也不疼。现在我的梦想全都实现了。"

*

伊迪思·格雷罗（Edith Guerrero）是一个狂热的竹笋

爱好者和营养培训师。她说，她永远不会忘记，一个秘鲁国家石油公司的工程师试图告诉她，石油对她的田地有好处。

她冒着雨站在伊纳约（Inayo）河支流的出口处。原油正是从这儿倾泻而下，流入了奇里亚科河——阿瓦珲人赖以为生的河。原油泄漏事件发生的那一天，伊迪思的这块地里正种着八百株竹笋，牧着奶牛，生长着非常高大的桃树和月桂树；穿过农田，还流淌着一条阿瓦珲人经常钓鱼的清澈溪流。但在事故发生四个月后，她的四十公顷土地看上去像被十多台推土机翻过了。工人们把最高大的树都砍倒了，用于造桥。在清理土壤的过程中，她所有的竹笋都被连根拔起。她种植稻米的计划彻底泡汤了，奶牛也不得不转移到附近其他草场去。她过去用来浇灌植物和供牛饮水的溪流被污染了。从上面往下看，从她的地产中间横穿而过的溪流简直像一道深深的、泛着油污的伤疤。

"受害的可不止原住民。"农场主伊迪思抱怨。她有一双大长腿和活泼有神的双眼。她出生在卡哈马卡山区。我们一起踩过泥泞。大雨已把裸露的地面变成了一个巨大的橙色泥坑，我们的靴子总是会陷下去，被黏住。"那些工人没有经过我同意，就把我的竹子拔光了。他们还对我说：'别担心，太太。秘鲁石油公司会赔钱给你的。'"

伊迪思·格雷罗说，尽管她投诉了，但公司还没有认可她的损失，而其他农场主的确收到了赔偿。

原油泄漏毁了她的田地的一个星期之后，二月份的某一天，格雷罗去了秘鲁石油的工地，要求他们作出解释。但和她谈话的工程师声称对此毫不知情。

"那他们在哪儿收集漏油，你也不知道吗？"伊迪丝讽刺地问。

"从溪水里。"工程师反驳道，"溪水是属于国家的。"

格雷罗咽下怒气，转身离开工地，跨上摩托车。她回到自己的田里，一通怒吼，勒令公司所有工人滚出去。第二天，她起了个大早，和丈夫一起，把田地周围的路用带刺的铁丝网封上了。工人们到达时，格雷罗正在那等着，手里抓着一根棍子和一些鞭子似的荨麻杆。过了一个星期，一个秘鲁石油的工程师去找了她。他坚持要她签署一份文件，公司在这份文件里承诺将支付所有的费用，虽然上面既没写明数字，也没标明日期。

现在，这片到处坑坑洼洼的地上排列着八百个油桶，用蓝色塑料布盖着，桶里都装满了从溪流中收集起来的石油。有一些穿着胶靴、戴着橙色安全帽的人来来回回地跑，收集着剩下的少量石油。此外还有一大堆装满被污染的泥土和杂草的袋子。一些黄色塑料水栅垂直插入溪中，用于捕捉残留的原油在水面上形成的油脂膜。

伊迪思·格雷罗回忆，环境部门的人来检查损害情况时，戴着特别的手套对受污染的土壤进行采样。他们戴着口罩，因为他们说烟雾有毒。他们不是第一次见到类似事件了。从 2011 年到 2018 年，也就是这条管线生命线上的最近七年里，一共发生过六十一起原油泄漏和其他烃类泄漏事故，其中六成是管道腐蚀或操作失误导致的，其余四成是蓄意破坏造成的。根据评估和环境控制署的报告，仅在 2016 年便发生了十四起泄漏事件，其中包括纳萨雷斯的这次灾难。那一年，环境部长马努埃尔·普尔加·比达尔（Manuel Pulgar Vidal）谴责了秘鲁石油，因为该公司在已被要求对系统进行维护前禁止抽油的情况下，依然继续抽油。"这条管线已经过时了。"部长在国家电视台发言时说。几天以后，秘鲁石油的总裁宣布辞职，同时大肆吹嘘了一通他任职期间取得的良好业绩：发生多起原油泄漏的那一年，公司总营业额达到了五十亿美元。报告中只字未提环境灾难。根据负责监督那条管线的政府办公室的专家报告，该管线自 1998 年以来从未得到过全面的或充分的维修。公司说，这是"紧缩政策"造成的，而更换整条管线也没有意义，因为代价太大了。在一个像石油行业这样污浊、恶臭的世界里，人们就算生出"漏油事件还会发生"这样的念头，也并不会感到难以忍受。

我去拜访伊迪思·格雷罗时，她告诉我，秘鲁石油已经在打电话和她讨价还价了。公司需要通一条路到她的农田，好把储存在那儿的八百桶原油拉走。与她的田地隔河相望的扬贡加（Yangunga）阿瓦珲人社区的原住民试图说服她接受，因为修路可以为他们提供工作，而且他们可以借机建一个摩的车站，以后把大蕉运到城里去销售就更方便快捷。但是格雷罗告诉他们，她需要七万索尔（两万一千美元）才能弥补所有损失，如果石油公司支付的价格达不到她要求的这个数字，她不会允许这条路穿过她的田地。

"如果他们不付钱，我很乐意把这些桶全扔到河里去——也许只有到那时，这些无耻的笨蛋才会理解！"

"那最后一个来找你谈的工程师是怎么说的？"我问她。

"'太太，你知道石油能给你种的稻子施肥吗？'"[1]

*

日本驻秘鲁大使株丹达也（Tatsuya Kabutan）脖子上戴着植物种子串起来的项链、脸上抹着红色线条，笨拙地随着鼓点舞动。被一群穿皮裙、戴头饰的阿瓦珲女人和孩子围在中间的株丹先生穿着白衬衣和黑裤子，仪表堂堂但肢体僵硬。他刚刚抵达埃皮米木（Epemimu），这是属于纳萨雷斯人的山区，位于被五十万升原油污染了的奇里亚科河的对岸。

现在是七月份的一个上午，此时距离原油泄漏已经过去了七个月。炎炎烈日并没有打消人们对节日活动的热

---

[1] 化肥也是以石油为原料生产出来的，所以工程师会这么说。但这纯属偷换概念的诡辩。——译者注

情，为了庆祝为期一个月的国庆假日，土路两边摆满了橙花、棕榈叶和红白气球。居民、公务员和警察组成的一百多人簇拥着株丹先生和住房部长弗朗西斯科·杜姆勒（Francisco Dumler）登上一个小小的演讲台，等他们二位宣布一个建设项目的完工启用：两个机构共同组建的团队建了一百间带有新马桶和淋浴设施的卫生间，以及一个将溪水引向本地一百八十户人家的管道网。和城里人的生活作一下对比是难免的：当地人再也不用走老远的路用桶或塑料瓶提水了，现在他们要想喝水、洗衣服或冲澡，只要拧开水龙头就行。

"本届政府刚刚上台时，原住民社区或农村地区只有三分之一的秘鲁人能直接取用饮用水。"住房部长杜姆勒站在讲台上宣称。他是利马人，身体健壮，额头很高，胡须整洁。他的声音在有些刺耳的扩音器里隆隆作响，"到今年底，我们将有三分之二的秘鲁人可以直接取到饮用水了！"

掌声如雷，久久不绝。几分钟后，他们走下台来剪断一条红白相间的缎带，这就是正式的启动仪式了。然后，在几名儿童的陪同下，部长呷了一口从新崭崭的水龙头里流出的饮用水，称赞道："味道好极了！"站在他身边的株丹大使用手帕揩着脸上的汗水。他看着部长，但没有喝水。不过他至少面带微笑，配合官方拍照了。大家请鼓掌！再次鼓掌！

仪式结束时，我向部长询问关于受污染河流的情况，询问他是否知道这条河何时可以重新启用。"请允许我和卫生部部长沟通一下。我会向他转达您的关切。"他一边往前走，一边回答我。一名保镖正引导他走向他的四驱座驾，株丹先生已经等在那儿了。公关部门的负责人是一位头发染成金色、戴着墨镜、脚穿皮靴的妇女，她用套着星巴克主题外壳的苹果手机录下我提问的具体内容，并在离去之前向我承诺，她会把老板的答复通过 WhatsApp（通信软件）发给我，不过我从未收到回信。

护士珍妮特·图亚斯（Janet Tuyas）当时正举着遮阳伞站在那条土路的另一侧观看典礼，后来她对我说："不过是做做样子而已"。她不信任政府项目。图亚斯是阿瓦珲人，长着杏仁般的双眼，体格健壮，在纳萨雷斯卫生所工作。她从十几岁起就住在这里了。这条河还不知道什么时候可以重新启用，这让她感到担忧。

"我们现在拥有了一切，自来水、管道，但我们的河实际上死了。"这位护士悲哀地说，"好几个月了，没有人去那儿游泳，也没有人钓鱼……好吧，是几乎没有人。"

图亚斯从帆布背包里取出一本笔记，打开给我看她记录的具体内容：发生原油泄漏事件后的一个多月内，她便接诊了三十五名病人，各种症状都有：发烧、呼吸系统问题、扁桃体肿胀、喉咙发痒、皮下结块和真菌感染。她还接诊了二十三个女孩，全身布满蚊子包似的红点。他们所有人都承认，曾经下过河或者吃过河里的鱼。

当天下午，轮到珍妮特·图亚斯去给婴幼儿注射疫苗。我们打了一辆摩的，沿着一条陡峭的、有许多石头的土路吱吱嘎嘎地往前开。我们在山路上行驶，过一会儿就会看到棚屋和树木之间有三四个小孩聚在一起，他们全都光着脚，穿着灰扑扑的衣服，在玩木棍、球或者塑料瓶子。有些孩子看到我们时，会指着我们又叫又笑——"外地佬！外地佬！"①。有时候，社区看上去简直像全是孩子组成的，或者全是些年轻女孩，她们不是手里抱着孩子，

———————

① Apach muun："Apach"是阿瓦珲人对非阿瓦珲族人的称呼，"muun"指部落中有知识的、资历的"长老"。——译者注

就是怀里躺着婴儿，或者后背上系着一条兜着婴儿的大披巾，仿佛背着个大包。在秘鲁雨林，每十个女孩中就有三个还没到拿身份证的年龄就已经怀孕或产子了。

"我想要不一样的东西。"图亚斯说。她已经三十九岁了，还没有生小孩。"但不是所有女性都有机会做选择。"

她告诉我，在纳萨雷斯，阿瓦珲男人拒绝使用安全套，也不让他们的伴侣采取避孕措施。他们说不想让妻子对他们不忠。当护士坚持要他们用时，他们会讥笑说："我们不需要你的那些东西，我们知道怎么照顾那些玩意儿。"尽管问题实际上严重得多。图亚斯说，自从原油泄漏事件发生以后，不光是皮炎、发烧和腹泻之类的疾病增多了，艾滋病病例数量也在上升。

纳萨雷斯所在的亚马孙大区（Amazonas）是原住民感染艾滋病毒人数最多的地区。根据卫生部的统计，2011年的艾滋病报告人数仅为三十五人，到 2017 年已跃升至二百四十四人，其中四十六人是青春期少女。图亚斯说，造成这个情况的，除了信息的匮乏，还有一个事实：许多男人在腰包鼓起来以后，便会去城里或附近城镇的酒馆妓院寻欢作乐。他们在那儿感染上病毒，回家后又传染给自己的妻子。更糟糕的是，有些男人感染了以后，还不相信科学，赌咒发誓称自己没病，而是中了巫术。

图亚斯有个同事是从利马来的护士，曾为一对夫妇做了HIV诊断。结果这对夫妇非但不接受抗逆转录病毒治疗，还认为他是个"谋害了他们"的男巫，威胁要杀了他，最后那个护士不得不申请调去另一家卫生所工作。图亚斯说，有了这个前车之鉴，他们现在对于怎么向患者做解释极其小心谨慎。他们还采取了一项预防措施，就是使用代号，同时保护患者的身份。

护士们管他们叫"白码"。

阿瓦珲人称他们是"亚塔苏萨姆"（jata susamu），意思是"中了邪的人"。

就像病毒会在不知不觉间攻击人类一样，原油泄漏遗留下来的问题也是人们看不见、摸不着的。"仿佛某些东西已经进入了土地、水和空气，"图亚斯说。她还告诉我，有些年长的阿瓦珲人相信这是"邪灵作祟"，并且在通灵状态下看到过它们——那些黑色幽灵像油污一样在水面上游走。

"在亚马孙人的宇宙观里，石油之灵早就存在。"意大利人类学家伊曼纽尔·法比亚诺（Emanuele Fabiano）对我解释。他为了研究石油泄漏对原住民村庄的影响，花了六年时间和乌拉瑞纳族人（Urarina）共同生活在科连特斯河（Corrientes）岸的热带雨林中。"没有人打搅这些精灵时，它们是'好邻居'，但石油公司的活动和原油泄漏把它们惊醒了，弄得它们很生气，还硬把它们从原本栖息的地盘里拽了出来。现在它们就住在社区里。"

乌拉瑞纳人和阿瓦珲人一样，都曾经充当清理秘鲁北部管线漏油的廉价劳动力。他们说，石油邪灵会像蛇一样钻进人们的体内并盘踞在那里。如果你去干了从河里打捞石油的工作，它会跟着你回家，还会传染你的妻子和孩子，被传染的人会全身爆发红点、头疼或呼吸困难。最后你就不想再去干活了，只想和家人待在一起。乌拉瑞纳人警告说，你也许会变有钱，但悲伤会让你生病。

我们在纳萨雷斯雇的摩的司机阿斯特里奥·普朱帕特（Asterio Pujupat）已经有了九个孩子，但他仍然拒绝避孕。他后来告诉我，他知道好几个当地人身上出现了前面说的情况，所以很好分辨哪些人曾经拿过秘鲁石油的薪水。他指给我看一座两层小楼，就在他的棕榈茅草竹屋对面，但比他的屋子大三倍。那房子是用崭新的木板和波纹铁皮盖起来的，屋顶一侧架着小型的有线电视天线。"那个人就干过石油的活，"阿斯特里奥用他仅会的一点西班牙语说。他那时把身份证弄丢了，所以没能得到清理石油的工作，并对此深感失落。日子一天天过去，他每天都能碰到的那些阿瓦珲人——六十多名被秘鲁石油雇用的成年人——似乎运气越来越好。当然，事实或许并非如此。

"现在我的孩子们快要到镇上去上学了。我正在盖自己的房子，砖头已经买好了。"亚美利哥·泰金（Américo Taijín）说。他是一名建筑工，曾经用高压水枪在溪流里清扫了三个月。

"以前我只能打点零工，突然发生的漏油事件给了我机会。至于以后我会不会生病，那谁知道呢！"焊工阿贝尔·万普桑（Abel Wanputsang）说。他现在开了一家酒吧，里面有迪斯科彩灯、全套音响系统和用来卖啤酒的冰箱。

"上帝真是太伟大了，因为我们在这里受苦，也没有任何工作可做。可可树长得不好，大蕉也不行。"农民尼诺·库纳奇（Nino Cuñachí）回忆道。他用赚来的钱在自己家里开了个服装店，从利马的一个叫加马拉（Gamarra）的纺织品市场批发衣服回来卖。

"我不愿意把它叫作'机会'，因为干这个活对人没好处。我不许我儿子去，但他不听。"所罗门·阿瓦纳什（Salomón Awanansh）说。他是一名阿瓦珲部落领袖，还是切·格瓦拉（Che Guevara）的粉丝。他的儿子现在有了一辆摩托车、一台冰箱和一台三十六英寸平板电视。

"我们用专门的产品清理石油，但我的老师们说，原油只是沉到河里去了。后来我没有再干了，因为我感到头晕，浑身没有力气。"乐宁·泰金（Lenin Taijín）说。他是一名大学五年级的学生，学的是环境工程专业。他用挣来的钱支付了大学学费，还为他未来的孩子加盖了一间房。

"原油泄漏给我们带来了工作，但是现在我想去做体检，我想知道自己是不是有什么问题了。我已经见到两个朋友昏倒了。"莱昂纳多·普朱帕特（Leonardo Pujupat）忧心忡忡。他是种大蕉的农民，用挣到的钱买了种子和链锯，另外把自己的屋子漆成了蓝色，并加盖了波纹铁皮的屋顶。

"我丈夫以前没工作，不过现在他的收入很不错。"我陪着护士珍妮特·图亚斯一路走家串户，好让她完成打疫苗的工作。我们边走边聊。"现在我们在建一栋小房子。问题是他不得不去干那些活，身上沾满那些东西。"

图亚斯的丈夫下河打捞石油后回到家时，她看到秘鲁石油发给他的防护用品根本没用：他的衣服全黑了，沾满了油污。所以，为了避免再把衣服弄脏，他开始只穿内裤，然后直接套上防护服，每天晚上回家再擦洗身上的油污。图亚斯说，现在她丈夫想去莫罗纳（Morona）从事另一处漏油的清理工作。莫罗纳在洛雷托省的雨林中，去那儿要坐上好几天的船。那边有一段管线磨损了，导致大约三十万升原油泄漏，污染了山谷。她丈夫想再多挣点钱，好给新房子装上门窗。

"他这样成天泡在石油里，但愿不要造成什么遗传方面的问题。"护士叹了口气，因为她还没有放弃过几年当妈妈的想法。"真不敢想——万一我的孩子生下来就有病怎么办？"

下午六点钟一过，手机照明的光就不够用了，我们简直没法避开脚下的泥洼。我和珍妮特·图亚斯又拜访了几个家庭后，终于来到最后一户人家：一个"白码"的家。

这个草木屋里唯一的光源是墙角的两支蜡烛，它们在泥地上投下巨大的阴影。屋子里有一只柴炉，一个用来放盘子和锅的架子，都已锈迹斑斑。红色的塑料桌上放着一袋药丸。一张木板上铺着垫子，垫子上躺着个女孩，一张白色纱网做的帘子将她与我们隔开，这是为了保护她免受蚊虫侵扰。她的怀里睡着一个新生的婴儿。两个照顾她的女邻居用阿瓦珲语和护士交谈着。就着黯淡的烛光，只能勉强看到女孩的脸庞、眼睛下方的阴影和她纤瘦的身形。她的声音细如耳语。图亚斯告诉我，她生下孩子才刚刚五天。她十七岁。她叫我不要把这个女孩的名字写在文章里。

进门之前，护士向我介绍了她的情况。她的丈夫是个阿瓦珲人，做过下河收集石油的工作，后来让她怀了孕，又让她染上了艾滋病。再后来，他刚刚收到秘鲁石油发的薪水就失踪了。年轻女人的朋友咒骂说，他一定是跟另一个女人跑到城里去了。图亚斯告诉我，母亲没有喂孩子吃母乳，所以没有传染给婴儿。但是，护士用阿瓦珲语和她谈了几分钟后，脸色阴沉了下来。

"她已经喂孩子吃过奶了。"她翻译给我听，"她说她没有别的东西喂他。"

那天晚上，我们走回卫生所，好让她放下装疫苗的背包。珍妮特·图亚斯一路走，一路想着各种办法，想尽可能帮到她的族人。自从石油泄漏以后，许多事情都变了，有一些是好的变化，但根本性的问题却只是变得更加严重。在纳萨雷斯雨林中，许多家庭的经济都不稳定，而国家对他们漠不关心，这意味着甚至爱与生存的方式都会发生改变。

我最后一次见到图亚斯时，她告诉我，有时候，当她去探访阿瓦珲那些不是母亲便是祖母的女人时，她们会拿出烤鲤鱼和鲶鱼来款待她，这些鱼都是从被污染了的奇里亚科河里捕上来的。护士不想表现得无礼，只能撒谎说，她要把鱼带回家吃，当然她实际上是扔掉了。刚开始的时候，她恳求她们等这条河干净了以后再捕鱼，但有一个人对她生了气，反驳说："我们又没钱，那你让我们吃什么呢？"从那以后，护士珍妮特·图亚斯决定闭嘴。她虽然挣得不多，但至少在镇上买鱼吃的钱还是有的。

*

奇里亚科河是一条水面宽阔而支流众多的水道，河水呈泥浆色。令人担忧的是，在九月份这个阳光明媚的周日，也就是漏油事件发生八个月后，很多社区成员都来到河上捕鱼，而鱼确有可能在这里——在被污染的水中——存活。人们在长达十千米的河里洗衣服和游泳。奇里亚科河平静地蜿蜒流淌，水面上漂浮着独木舟、黑色污物、碎木头、塑料袋，不时还会有一具小动物的尸体顺流而下。

阿瓦珲男孩奥斯曼·库纳奇看着这条河，承认他很想下河去玩，但他又说，自从发生漏油那天以来，他再也没敢下河游过泳。水里乍看已经没有了石油的踪影，但他爸爸说，只要环境部门没有正式宣布可以下河游泳，他就不可以下去，否则后果自负。

"有些人会吃河里的鱼，因为找不到别的东西吃。但我们家不吃，就算别人送鱼来，我们也不吃。现在我必须多吃蔬菜，可是我不喜欢吃蔬菜。"

奥斯曼说，今天上午医生给他妈妈解释了她儿子十一岁的瘦小身体因为接触原油而出现的情况，然后提了许多条建议，多吃蔬菜便是其中一条。

费尔南多·奥索雷斯医生按照之前的承诺，带着国家人权协调员、亚马孙人类学和实践应用中心的人员共同组成的代表团回到了纳萨雷斯。他向大家传达了对曾经下河收集石油的二十五名男孩女孩身上取得的那些血样、尿样和发样，在魁北克所做的化验和分析的结果。

实验室化验结果确认了疾病专家奥索雷斯的疑虑：这些接受检验的孩子们体内器官均含有镉、铅、砷和汞。他们专门召集了阿瓦珲家庭来开会，向他们解释当前形势：正常情况下，人体的血液中不会含有此类有毒金属，哪怕一个粒子也不应该有。但化验结果显示，这些孩子身体内的有毒金属含量已经超过了国际卫生组织（WHO）规定的限制标准。

"现在国家必须密切监测他们的状况，并判断出我们的发现是一次性接触还是持续性接触导致的。"奥索雷斯事后对我说，"如果是持续性接触导致的，那这些人相当于在慢性自杀。"

如果医生的假设得到证实，等到这些孩子成为青少年时——也就是说，在五到十年内，他们——特别是那些由于贫血和营养不良而体质虚弱的孩子，就可能遭受神经系统损伤和学习能力下降，成年时可能患上高血压、肾衰甚至癌症。面对这种可能性，国家应当评估风险并立即采取行动。但是几个月过去了，似乎没有任何人采取任何行动来应对这一紧急情况。

就在代表团向纳萨雷斯居民传达化验结果的同时，在一千多千米之外的利马金融中心，秘鲁国家石油公司总部——一座野兽派风格、形似石油钻塔的大楼里，公司的高层们也开始向媒体自证清白。公司在官方声明里宣称，2016年在亚马孙共发生十四起漏油事件（这是过去十年的最高纪录），其中九起是第三方蓄意破坏造成的。他们含沙射影地归咎于贪得无厌的当地人，声称是他们锯开了管道。但是国家议会的一个委员会对2017年的漏油事件进行了调查，得出的结论是：抛开别的不谈，没有迹象能够合理证明原油泄漏是由当地社区造成的，相反有证据表明"秘鲁国家石油公司的员工可能存在犯罪、腐败，或至少存在相当严重的培训匮乏"。递交至检察院的最终调查报告中认定问题的根源在于管线缺乏维护。报告还添加了一笔：在过去九年中，这条钢铁巨蟒至少向亚马孙地区倾泻了四百万升石油，相当于两个奥林匹克标准游泳池的容量。这些原油都流入了数千个家庭赖以为生的河流与山谷——比如阿瓦珲人的居住地。

像石油泄漏和河流死亡这样可怕的事情，竟会在短期内成为一个城镇的福祉，这是发展中的一个反常悖论。新闻中一般不会出现这种情况，但它却是活生生的现实，叫我们想不通，让我们无法回避我们自己造成的矛盾。在奥斯曼·库尼奇和其他"石油儿童"的家乡——纳萨雷斯——发生的故事，仿佛一面小小的镜子，让我们照见自己的影子。

我们离开了奇里亚科河，返回奥斯曼家的木屋。他告诉我，医生和他妈妈谈过了，现在她非常担心。医生的话，其实他和母亲都没有真正听明白。奥斯曼只听懂了一点，就是他"有点问题，生了病"，可是到现在为止他并没有感到不舒服。

"你对妈妈是怎么说的？"我问他。

"我说，要是我得了病，会死掉，那就死掉好啦！"奥斯曼笑着说，然后跑去找小伙伴玩去了。

对他来说，死亡似乎遥不可及。

本来应该是这样的。

我们最后一次交谈是在 2017 年 2 月，原油泄漏事件已经过去了一年。奥斯曼刚刚跨进十二岁。他通过父亲的手机告诉我，他已经开始上中学一年级了。他仍然早上五点钟起床，骑自行车去学校，下午一点钟回家吃午饭，然后和几只狗——好运（Lucky），波比（Bobby）和米奇（Micky）玩上一会，再做家庭作业。他会帮妈妈干点农活，和兄弟姐妹们一起看日本动漫《龙珠 Z》（*Dragon Ball Z*），还有就是和小伙伴们一起捉蝎子。他的眩晕没有那么频繁了，胳膊上和腿上也只剩小小疤痕，是他抓挠留下的。"我只想身体好好的，像个正常小孩，不用害怕有一天会得癌症。"他说。他仍然希望以后搬到利马去住，实现他的若干计划：成为一名建筑师或专业守门员；学习空手道；在海里游泳；去看电影；和女孩见面不再脸红；当然还有一个终极愿望——拥有一部属于自己的智能手机。

他今年十二岁。

他有——应该有——完整的一生在等着他。

注释

1 没有任何技术能够完全恢复石油泄漏对生存环境造成的破
   坏。1989 年，当时全球最精密的油轮埃克森·瓦尔迪兹号
   （Exxon Valdez）在阿拉斯海湾加触礁，4000 万升原油泄
   漏导致 1300 英里（1 英里约等于 1.609 千米）海岸线被污
   染，数千头动物死亡。据估计，清除残油需要上百年时间。
   2002 年，威望号（Prestige）油轮在加利西亚（Galicia）海
   面上发生事故，63000 吨原油倾入海洋，参与清理工作的
   多名渔夫均出现呼吸系统问题。2010 年，英国石油（BP）
   的一个钻井平台发生事故，7 亿升原油泄入墨西哥湾。生
   态系统的恢复需要数十年，佛罗里达州和亚拉巴马州的居
   民迄今仍在遭受身体伤害，并伴随着抑郁症和焦虑症。

2 纳萨雷斯的原油泄漏事件并非绝无仅有。2014 年，由于秘
   鲁北部输油管线破裂，超过 50 万升原油泄漏在洛雷托省
   （Loreto）乌拉里纳斯地区（Urarinas）的原住民社区库尼
   尼科（Cuninico）。原油污染了社区居民日常取水与捕鱼的
   马拉尼翁河（Marañón river）。从那天开始，原住民库卡马
   人（Kukama Indigenous people）的健康水平以肉眼可见的
   速度衰退，遭受呼吸系统疾病与皮肤病的折磨。为了清除
   漏油，秘鲁石油雇用了社区成员充当劳动力，其中包括儿
   童和青少年。他们都曾蹚进已被污染的河水，用桶收集原
   油。2015 年，皮乌拉地区劳动与就业促进委员会禁止秘

鲁石油使用童工。2016 年，因为该公司没有完全弥补库尼尼科漏油事件造成的损害，国家对其处以 300 多万美元的罚款。

3　为了清除泄漏的原油，秘鲁石油和芬兰劳模集团（Lamor）签订了协议，由其使用化学品来清洁河道，但纳萨雷斯参与了清理工作的居民说，这个方法效果并不太好，因为化学品只是让可见的原油沉入河底，只要搅一搅，就可以在看似干净了的河面上看到浮上来的油。2017 年 12 月，监督与环境评估组织（Organisation of Supervision and Environmental Assessment ）在分析沉渣样本后得出结论说，名为"橙子"的化学品"在沉渣中并没有形成原油降解机制，……因此，清理过程并不完全有效。"2018 年 2 月，评估和环境控制署进一步明确说，劳模公司使用的产品"通过分散油污，成功地将原油泄漏期间沾染到物体表面的污物消除了。但是，它并无使原油降解的化学特性，只是分散油污而已。"

4　尽管环保机构已下令禁止人们在奇里亚科河里游泳和捕鱼，因为河水仍然处于被有毒金属污染的状态。但是在 2016 年 3 月，即纳萨雷斯原油泄漏事件之后一个月，秘鲁石油一个名叫维克多·瓦尔卡亚（Víctor Huarcaya）的工程师在一次阿瓦珲集会上说："你们告诉我说，河里的鱼被污染了，不能吃。我可以告诉你们，这不是事实：你们可以吃河里的鱼。河水是干净的。外面有些人很可能会说：'听着，但

是那儿有块石头，比以前黑了一点儿。'这很正常。"这个
片段被记录在亚马孙人类学和实践应用中心于 2018 年拍摄
的纪录片《石油，对致命之毒的恐惧》(*Petróleo, temor al
veneno Mantal*) 中。

第四章

结 语

正是在写下这一切的时候，我终于理解了，现在。

——勒克莱齐奥（J. M. G. Le Clézio）[1]

《非洲人》（*The African*）

---

[1] 勒克莱齐奥，1940 年生于法国尼斯，出版著作四十余部，被誉为当代最伟大的法语作家之一。2008 年获诺贝尔文学奖。此处引文的译文摘录自人民文学出版社 2012 年出版的长篇传记小说《非洲人》，译者袁筱一。——译者注

这本书是如何开始的？我很想换个说法回答这个问题，不过我不能。所以这本书的起因，的确是偶然播下的种子。书里的这些故事全都不是我当初选择的写作素材，而是编辑们给我设置的诸多挑战催开的花、结成的果。不过，回顾过往，似乎正是它们一直在主动引领我向某个方向前行。2012 年冬，我开始为《绿标》（ *Etiqueta Verde* ）杂志撰稿，即以秘鲁安第斯和亚马孙地区的原住民社区生活为主题，每年发表一篇长篇新闻专访。我讲述那些原住民男女为了保卫他们称之为"家园"的森林、山川与河流，与经济霸主、政治强权、黑帮匪徒和腐败行为做斗争的故事，讲述我们这些在城市里养尊处优的记者们往往会忽视或漠视的现实。——而当我们鼓起勇气正视并书写这些事实的时候，又往往会曲解人们的道德和行为准则，将贫困浪漫化，甚至将他们的需求妖魔化。

就这样，接下来的五年里，我在不同的杂志和多位作者合著的书籍上发表了多篇报告文学和人物专访，其中就包括我在这里讲的这些故事。在我写过的人物中，有一位来自秘鲁热带雨林地区的工程师，他为了打击把持垃圾处理业的黑手党[①]，在墨西哥和印度之间来回奔走；一位地图制图员，他教哈拉克布特（Harakbut）[②]原住民怎样利用无人机保护他们的森林免受非法砍伐；一位农民兼瓦伊诺小提琴手，他为了保护三百个马铃薯品种免遭灭绝，坚持不懈地与气候变化做斗争；还有一位阿沙宁卡领袖，她将自己的人民团结起来，公开谴责国家政府，并阻止他们在祖先的土地上建造水库。

那时也有人问我，为什么我要成年累月地调查，乐此不疲地写这些东西？对此我并没有一个明确的答案，只是追随直觉而已。到了 2015 年底，我辞职去西班牙读硕士学位时，重新浏览了自己的那些文章，才意识到其中蕴含

---

① 垃圾清运业的黑帮匪徒：在美欧，黑手党把持垃圾处理行业由来已久，已成为社会毒瘤。他们为了牟取丰厚利润，非法处理工业废弃物，给环境带来严重危害。——译者注

② 哈拉克布特（Harakbut）是亚马孙原住民族，由几个亚群或偏支组成，主要居住在马德雷德迪奥斯河和伊纳巴里河之间的库斯科和马德雷德迪奥斯省。——译者注

着比新闻谴责更为深刻的东西：有一条隐含的线索从头至尾贯穿了这些故事，而它甚至比环保问题还要复杂。

随着时光的流逝，我在旅行和阅读的过程中逐渐领悟到了一件事：我在书写那些关于土地的争端时，或者书写那些居于山地丛林并为之战斗的人们的故事时，并没有能"让他们发出声音"，而是一直在自说自话。我一直在为我家庭的故土根源而写作，然而对那片土地来说，我的写作毫无意义。

*

我是在利马出生的，但伴随我出生并长大的家庭却有着亚马孙的根。我的外祖母玛米塔·莉莉（Mamita Lilí）出生在维斯托索——这是秘鲁北部热带雨林中的一个库卡马 - 库卡米里亚（Kukama Kukamiria）原住民社区，在20世纪80年代由于河水决堤被毁。外祖母十三岁时决定搬到利马的一个姨妈家去住，因为她只上过三年小学，而姨妈承诺继续教她读书。她想成为一名护士。但是，在我国，她和好几千名从外省来到首都的女孩子一样，最终难逃被剥削的境遇：她的姨妈拿她当佣人使唤，后来为了摆脱她，把她嫁给了邻居一个比她大十岁的男人。那个男人许诺，只要她同意当他的老婆，就带她回热带雨林中的"老家"。那时玛米塔·莉莉才十四岁，而我的外祖父——来自卡哈马卡山区塞伦丁的一名电工，并没有兑现他的诺言。

玛米塔·莉莉住在利马北边圣马丁德波雷斯区（San Martín de Porres）的一个居民区里。随着光阴流逝，她靠着给秘鲁空军当裁缝得到的收入，将八个子女抚养成人，并建起一套家庭住宅。她对我说，那时候她经常被邀请参加官方的晚宴，因为她美丽又可爱。在那些场合，她开始模仿军官太太们的优雅做派，学会了许多事情，比如：使用刀叉、喝鸡尾酒（而不是汽水）、跷二郎腿，当然还有化妆。她一点点调整自己的腔调，学着像利马人那样说话。她还开始迷上了赌马和玩彩票。她想方设法将自己的子女几乎全部送进了大学。直至今日，利马人都将亚马孙雨林和安第斯山区视为充满异域情调的贫困之地。玛米塔·莉莉相信，在这样的城市里，她只有变得更像"利马人"，才能施展抱负。从某种意义上说，想在城市里出人头地，本身就意味着放弃自我。

我在多次探访秘鲁腹地并写完了本书文稿之后，决心要探索一下这个家庭的历史。书中的几位核心人物和我的外祖母一样，不甘心被外界束缚和限制，并付出努力去解决这些冲突。他们的生命并不会如 S.A. 阿列克谢耶维奇说的那样"进入历史"，恰恰相反，他们会"消失得无影无踪"。与玛米塔·莉莉不同的是，他们绝大多数人没有进入城市谋求成功。他们选择了留在原地，发动某种战争。这战争不仅发生在内心，也发生在外界，其目的是阻止他们自己的文化和熟稔的生活被外来力量摧毁——这个力量可能来自企业、黑帮匪徒或者没把他们当国家公民对待的政府。

他们发动的战争，没有人会公开正式地称之为"战争"。这是关于土地和身份的战争。这是人们和"进步"的观念发生冲突而导致的战争。在拉丁美洲的原住民社区里，这些战争已持续多年，绵延数代，如同一笔沉重而无声的遗产，如今传到了我们手中，而我们无法轻松将其退回。

秘鲁的社会冲突事件中，七成都是由自然资源开采引起的。木材、黄金和石油工业在拉美国家形形色色的现代化项目中始终居于核心地位，无论政府是左翼还是右翼，集权还是民主。然而同时它们又会导致外界对原住民和农村社区犯下累累罪行，只是这些罪行委实太过频繁，以至于我们早已司空见惯，视若无睹了。

拉丁美洲堪称全球城市化程度最高，不平等现象最严重的地区。在这里，现代化的概念中常常掺杂着单一文化的和侵略性的历史观。在这本书里，木材、黄金和石油不仅仅指物质本身；它们也是隐喻，暗示着不同发展观的相互碰撞引发的人类冲突。这些冲突不仅显示出社会中正在上演的矛盾，暴露支配着我们日常生活的冷漠与玩世不恭的合谋，同时也揭示了：一旦我们感觉到定义我们自身的东西受到攻击，我们就能够变得英勇非凡。

从这个意义上说，"内部"一词并不仅指物理上的空间，如地球的内部——人类开采自然资源的地方；或国家的内部——如何塞·玛丽亚·阿尔凯达斯（José María Arguedas）所描写的"秘鲁深处"，即这些冲突发生的地方；它同样喻指人们的心理和情感空间，即需求和欲望（如庇护、炫耀、权力和克服困难的动力）的藏身之地。

我选择了木材、黄金和石油作为进步的象征，而"进步"是人人追求的灵丹妙药。问题在于，无论个人还是社会，我们为了进步，预备做出何等的牺牲？[1]

一直以来，我努力通过调查得出一些答案。——我指的不是调查这些社会冲突事件，而是追索人们内心的疑问。我很有兴趣去了解这些社会事件能对人们造成多大的压力，并把它们记录下来——用胡里奥·拉蒙·里贝罗（Julio Ramón Ribeyro）的话说，我在记录"人类决策的心理史"。[2]

究竟是什么，竟能让一个女人甘心拿自己和儿女的生命冒险，连续多年与一个矿业公司作战，拒绝被从某块地皮上赶走？是什么让一名电工下定决心抛妻弃子，放弃城里的舒适生活，进入雨林深处，变成一名原住民领袖，并在与非法伐木者的交锋中直面死亡？又是什么让一个孩子决定蹚进一条被石油污染的河流，而这场意外事故对他的

---

[1] 此处作者对原书的书名"Wars of The Interior"（直译"内部的战争"）进行诠释。——译者注

[2] 胡里奥·拉蒙·里贝罗：秘鲁当代著名小说家兼剧作家。——译者注

村庄来说原本是场灾难，却忽然变成了不期而至的进步源泉？这些决定的背后隐藏着什么样的初衷？这些决定对于某个人的一生，以及对于他们身边人的生活，导致了什么样的变化？改变程度又如何？

问题的答案可能就在这些故事的字里行间，但每个故事给出的答案又各有不同：愤怒、害怕、尊严受到威胁、雄心抱负、孤独、死亡……所有这些因素或交织，或独行，驱使着我们做出相应的行为。

真正的社会和环境冲突并不发生在外部世界，不在道路封锁或群众示威当中，而是首先发生在我们的心灵深处，在有些人称之为"灵魂"、有些人称之为"潜意识"的地方。当冲突切实发生时，我们总会觉察到（无论这份觉察是否明晰）有些属于我们、定义我们的东西被破坏了，或许再也无法弥补。

那个被"主流文化"视为"边缘的""落后的""不现代的"世界，并不是我像许多记者一样为了撰写报道而探访的那片遗世独立的土地。我在这里描绘的世界，是我所来之处，我的本源之境。

2016 年 9 月，稀松平常的一天，我第一次陪着玛米塔·莉莉去了普卡尔帕——她童年时代的热带雨林，试图追寻她的原生之地。我想了解她在去首都生活、变成"城里人"之前是个什么样的女人。我和她聊天并且录音，总是一连聊上好几个小时。我采访了她的表兄弟、她的兄弟姐妹和依然在世的伯伯叔叔（这真有点令人难以置信）。在这趟旅行接近尾声、我将奔赴巴塞罗那之前的几天，我们发誓说很快就会再回来，下次回来时要去探访一下昔日的维斯托索所在的雨林地带。——我们想知道她出生的社区消失以后，那个地方变成了什么样子。她还给了我一个白色信封，里面装着一些老照片、个人信件和她的出生证明，这些都是她记忆的残片。那是我最后一次见到她。两个月以后，当我开始着手梳理关于这本书的一些想法时，玛米塔·莉莉由于癌症去世了，终年七十八岁。

现在，我一边写下这些文字，一边思考着，是什么引领我抵达了当下这个点，抵达了这一页。我记得在聆听外祖母讲述她的生活时，内心泛起的情愫；我也记得我是如何被突然出现的内在连线，将她的故事与我自己的故事、与我作为记者的天职紧密连接在了一起。正是从那一天开始，这个写作项目在我内心以一种截然不同的方式逐渐成形，仿佛我只是把某个拼图的一堆碎片倒在桌子上，无须我动手，它自己就拼了起来。它如此这般自然地浮现、自行发展，令我感到十分愉快。本书所讲的故事包含了一些我本人有强烈认同感的地方、细节和矛盾，迄今我依然感受到它们的吸引力，写这本书一直都是我向它们敞开大门的一种方式。

2018 年 9 月于利马市圣马丁德波雷斯

参考文献

木材

Adario, Paulo, et al., *Deadly Environment: The Dramatic Rise in Killings of Environmental and Land Defenders* (Lima: Global Witness, November 2014).

Amazonian Centre for Anthropology and Practical Application & International Work Group for Indigenous Affairs, *Libro Azul británico. Informes de Roger Casement y otras cartas sobre las atrocidades en el Putumayo* ('British Blue Book: Roger Casement's Reports and Other Letters About the Atrocities in the Putumayo') (Lima: Amazonian Centre for Anthropology and Practical Application& International Work Group for Indigenous Affairs, December 2011).

Calvo, César, T*he Three Halves of Ino Moxo: Teachings of the Wizard of the Upper Amazon*, trans. Kenneth Symington

(Rochester: Inner Traditions, 1995).

Everett, Daniel L., *Don't Sleep, There Are Snakes: Life and Language in the Amazonian Jungle* (London: Profile, 2008).

Fowles, John, *The Tree* (London: Aurum Press, 1979).

Global Witness, *At What Cost? Irresponsible Business and the Murder of Land and Environmental Defenders in 2017* (London: Global Witness, July 2018).

Goncalves, Marilyne Pereira, et al., *Justice for Forests: Improving Criminal Justice Efforts to Combat Illegal Logging* (Washington, DC: World Bank, 2012).

Grann, David, *The Lost City of Z: A Legendary British Explorer's Deadly Quest to Uncover the Secrets of the Amazon* (London: Simon & Schuster, 2017).

Harley, J. B., *The New Nature of Maps: Essays in the History of Cartography,* ed. Paul Laxton (Baltimore: Johns Hopkins University Press, 2001).

Jahren, Hope, *Lab Girl* (London: Fleet, 2016).

Mancuso, Stefano, and Alessandra Viola, *Brilliant*

Green:The Surprising History and Science of Plant Intelligence, trans. Joan Benham (Washington, DC: Island Press, 2015).

Mytting, Lars, *Norwegian Wood: Chopping, Stacking, and Drying Wood the Scandinavian Way*, trans. Robert Ferguson (London: MacLehose Press, 2015).

Neuman, William, and Andrea Zárate, 'Corruption in Peru Aids Cutting of Rain Forest', *New York Times*, 18 October 2013.

Notess, Laura, et al., *The Scramblefor Land Rights: Reducing Inequity between Communities and Companies* (Washington, DC: World Resources Institute, July 2018).

Osorio, Leonardo, *Landscape Appropriation and Socio-environmental Adaptability of Ashéninka People in the Border Area of Amazonian Peru and Brazil* (Canterbury: University of Kent School of Anthropology and Conservation, 2012).

Palumbo, Ornella, 'Un bosque de problemas A Forest of Problems', *Hildebrandt en sus trece*, Lima, 3–9 October issue, 2014.

Pollan, Michael, *The Botany of Desire: A Plant's-Eye View of the World* (London: Bloomsbury, 2002).

Poméon, Alexandra, et al., *Steadfast in Protest: Annual Report* (Paris: Observatory for the Protection of Human Rights Defenders, 2011).

Santos, Fernando, and Frederica Barclay, ed., *Guía Etnográfica de la Alta Amazonía* (Volumen V) (*Ethnographic Guide to the High Amazon*, Volume V) (Lima: Smithsonian Tropical Research Institute & French Institute of Andean Studies, 2005).

Urrunaga, Julia, 'Un concierto de rock por los árboles. ¿A qué suena una guitarra hecha con madera ilegal?' ('A Rock Concert from the Trees: What Does a Guitar Made of Illegal Wood Sound Like?'), *Etiqueta Verde*, no. 6, October 2012.

Urrunaga, Julia, and Andrea Johnson, *The Laundering Machine: How Fraud and Corruption in Peru's Concession System are Destroying the Future of its Forests* (Washington, DC: Environmental Investigation Agency, 2012).

Urrunaga, Julia, and Andrea Johnson, *Moment of Truth:*

Promise or Peril for the Amazon as Peru Confronts its Illegal Timber Trade (Washington, DC: Environmental Investigation Agency, January 2018).

Varese, Stefano, *Salt of the Mountain: Campa Asháninka History and Resistance in the Peruvian Jungle*, trans. Susan Giersbach Rascón (Norman, OK: University of Oklahoma Press, 2002).

Wallace, Scott, 'Mahogany's Last Stand', *National Geographic*, vol. 32, no. 4, April 2013.

黄 金

Anaya, James, *Report A/HRC/24/41, Extractive Industries and Indigenous Peoples: Report of the Special Rapporteur on the Rights of Indigenous Peoples*, United Nations General Assembly, 1 July 2013.

Angier, Natalie, 'Moonlighting As a Conjurer of Chemicals', *New York Times*, 12 October 2010.

Barenys, Marta, et al., 'Heavy Metal and Metalloids

Intake Risk Assessment in the Diet of a Rural Population Living Near a Gold Mine in the Peruvian Andes (Cajamarca)', *Food Chemical Toxicology Journal*, vol. 71, September 2014.

Bernstein, Peter L., *The Power of Gold: The History of an Obsession* (Chichester: John Wiley, 2001).

Berthelot, Marcelin, *Les origines de l'alchimie* (Paris: Steinheil, 1885).

Calderón, Fernando, ed., *La protesta social en América Latina* (*Social Protest in Latin America*) (Buenos Aires: Siglo XXI, 2012).

Costa Aponte, Francisco et al., *Evolución de la pobreza monetaria 2007–2017. Informe técnico* (*Evolution of Monetary Poverty 2007–17: Technical Report*) (Lima: National Institute of Statistics and Informatics, April 2018).

De Echave, José, and Alejandro Diez, *Más allá de Conga* (*Beyond Conga*) (Lima: Peruvian Network for Sustain- able Globalisation, 2013).

Diamond, Jared, Guns, *Germs and Steel: A Short History of Everybody for the Last 13,000 Years* (London: Chatto &

Windus, 1997).

Galeano, Eduardo, *The Open Veins of Latin America: Five Centuries of the Pillage of a Continent*, trans. Cedric Belfrage (New York: Monthly Review Press, 1971).

Harari, Yuval Noah, *Sapiens: A Brief History of Humankind* (London: Harvill Secker, 2014).

Knight Piésold Consultores, Minera Yanacocha S. R. L. Proyecto Conga: *Estudio de impacto ambiental – Informe final* (*Yanacocha Mining Company S.R.L. Conga Project: Environmental Impact Study – Final Report*) (Lima: Knight Piésold Consultores, February 2010).

Larmer, Brook, 'The Real Price of Gold', *National Geographic*, January 2009.

Lino Cornejo, Elizabeth, Josefina. *La mujer en la lucha por la tierra* (*Josefina: The Woman in the Fight for Land*) (Lima: Pakarina Ediciones, 2014).

Lips, Ferdinand, *Gold Wars: The Battle Against Sound Money as Seen From a Swiss Perspective* (New York: Foundation for the Advancement of Monetary Education, 2002).

Mann, Charles C., *1491: New Revelations of the Americas Before Columbus*, new edn (London: Granta, 2006).

--, *1493: How Europe's Discovery of the Americas Revolutionized Trade, Ecology and Life on Earth* (London: Granta, 2011).

Mayer, Enrique, *Ugly Stories of the Peruvian Agrarian Reform* (Durham: Duke University Press, 2009).

More, Thomas, *Utopia* (Cambridge: CUP, 2002).

National Co-ordinator for Human Rights, *Informe anual. Un año del gobierno de Ollanta Humala (2011–2012)* (*Annual Report: A Year of the Ollanta Humala Government, 2011–2012*) (Lima: National Co- ordinator for Human Rights, 2012).

Oxfam America, *Geographies of Conflict: Mapping Overlaps Between Extractive Industries and Agricultural Land Uses in Ghana and Peru*, March 2014.

Perlez, Jane, and Lowell Bergman, 'Tangled Strands in Fight Over Peru Gold Mine', *New York Times*, 25 October 2005.

Public Prosecutor's Office, *Lima, Reporte mensual de conflictos sociales No 173* (*Monthly Report of Social Conflicts No. 173*) (Lima: Public Prosecutor's Office, July 2018).

Rostworowski, María, *History of the Inca Realm*, trans. Harry B. Iceland (Cambridge: CUP, 1999).

Scorza, Manuel, *Drums for Rancas*, trans. Edith Grossman (London: Secker and Warburg, 1977).

Todorov, Tzvetan, *The Conquest of America: The Question of the Other*, trans. *Richard Howard* (New York: Harper & Row, 1984).

Virilio, Paul, *The Administration of Fear*, trans. Ames Hodges (London: Semiotext(e), 2012).

Wiener, Raúl, and Juan Torres, *El caso Yanacocha. La Gran Minería: ¿paga los impuestos que debería pagar?* (*Large- Scale Mining: Do They Pay the Taxes They Should? The Yanacocha Case*) (Lima: LATINDADD, 2014).

World Gold Council, Goldhub/Gold Demand Trends.

Yacoub, Cristina, et al., 'Trace Metal Content of Sediments Close to Mine Sites in the Andean Region', *The Scientific*

World Journal, vol. 2012, April 2012.

石 油

Beavan, Colin, *No Impact Man: Saving the Planet One Family at a Time* (London: Piatkus, 2009).

Descola, Philippe, *The Spears of Twilight: Life and Death in the Amazon Jungle, trans. Janet Lloyd* (London: HarperCollins, 1996).

Guallart, José María. *Entre pongo y cordillera. Historia de la etnia Aguaruna-Huambisa* (*Between Gorge and Mountain Range: History of the Aguaruna-Huambisa Ethnic Group*) (Lima: Amazonian Centre for Anthro- pology and Practical Application, 1990).

Guerra, Margarita, et al., *Historia del petróleo en el Perú* (*History of Oil in Peru*) (Lima: Petróleos del Perú, 2008).

Heinberg, Richard, *The Party's Over: Oil, War and the Fate of Industrial Societies* (Forest Row, East Sussex: Clairview, 2003).

Herzog, Werner, *Conquest of the Useless: Reflections from the Making of Fitzcarraldo*, trans. Krishna Winston (New York: Ecco, 2009).

Jochamowitz, Luis, *Crónicas del petróleo en el Perú (Chronicles of Oil in Peru)* (Lima: Grupo Repsol YPF, 2001).

Kapuści ń ski, Ryszard, *Shah of Shahs, trans. Christopher de Bellaigue* (London: Penguin, 2006).

Klare, Michael T., *Rising Powers, Shrinking Planet: The New Geopolitics of Energy* (London: Oneworld, 2008).

Leonard, Annie, *The Story of Stuff: How Our Obsession with Stuff is Trashing the Planet, Our Communities, and our Health and a Vision for Change* (New York: Free Press, 2010).

Macera, Pablo, *Historia del petróleo peruano (Volumen I). Las breas coloniales del siglo XVIII (History of Peruvian Oil, Volume I: The Colonial Tar Pits of the Eighteenth Century)* (Lima: National University of San Marcos, 1963).

Paun, Ashim, et al., *Fragile Planet: Scoring Climate Risks Around the World* (London: HSBC Global Research, March 2018).

Rifkin, Jeremy, *The Hydrogen Economy: The Creation of the Worldwide Energy Web and the Redistribution of Power on Earth* (Oxford: Polity, 2002).

Rosell, Juan, *¿Y después del petróleo, qué? Luces y sombras del futuro energético mundial* (*And After Oil, What? Lights and Shadows of the Future of World Energy*) (Barcelona: Deusto, 2007).

Ruiz, Juan Carlos, and Álvaro Másquez, *Derecho desde los márgenes. Pueblos indígenas y litigio constitucional estratégico en el Perú* (*Law from the Margins: Indigenous Peoples and Strategic Constitutional Litigation in Peru*) (Lima: Legal Defence Institute, April 2018).

Shah, Sonia, Crude: *The Story of Oil* (New York: Seven Stories, 2005).

Tierney, Patrick, *Darkness in El Dorado: How Scientists and Journalists Devastated the Amazon* (New York: Norton, 2000).

致 谢

　　作者绝无可能仅凭一己之力便写出一本书。本书虽薄，亦是得到了许多人的帮助方可完成。

　　首先我要感谢那些在我为撰写本书而进行的多趟旅行中给予我信任并向我提供证言的人们，特别是下列人士：埃德温·乔塔的兄弟姐妹以及他在萨维托部落的阿沙宁卡亲人们；麦克西玛·阿库纳和她的孩子们；奥斯曼·库纳奇和他的父母以及纳萨雷斯阿瓦珲人社区。我希望，对于你们至今坚持不懈的斗争，我已经尽我所能给予了描述。

　　感谢杰罗尼莫·皮门特尔（Jerónimo Pimentel）对这个写作项目的信任，并以高僧禅定般的耐力等到本书终于完成。

　　感谢本书编辑艾尔达·坎图（Elda Cantú）以其智慧与慷慨敦促我完成了拖延太久的工作。

　　感谢我的兄弟/编辑/老师——胡里奥·维拉纽瓦·张（Julio Villanueva Chang）和埃利泽·布达索夫（Eliezer

Budasoff）在《黑标》（*Etiqueta Negra*）杂志社通宵阅读、批评和不留情面地修改这些文章的初稿。

感谢我在庞培·法布拉大学（Pompeu Fabra University）的创意写作硕士导师豪尔赫·卡里昂（Jorge Carrión）和学习搭档莱昂纳多·法西奥（Leonardo Faccio）。在巴塞罗那的一年中，他们让我倍感温暖，并在这个写作项目中帮着我开动脑筋、苦思冥想、绞尽脑汁。

感谢马丁·卡帕罗斯（Martín Caparrós）在瓦哈卡（Oaxaca）新伊比利亚美洲新闻基金会（FNPI）的新闻书籍研讨会（Journalism Books Workshop）上提出的细致建议。

感谢《格兰塔》西语版（*Granta en Español*）杂志编辑瓦莱丽·迈尔斯（Valerie Miles）鼓励我相信这本书会很快传播到不同语言的国家，被人们广泛阅读。

感谢乔恩·李·安德森（Jon Lee Anderson）和阿尔贝托·萨尔塞多·拉莫斯（Alberto Salcedo Ramos）的指引。他们的故事令我永远也不会忘记记者的使命。

感谢两位老兄马可·阿维莱斯（Marco Avilés）和杰里米·甘博阿（Jeremías Gamboa）及罗米娜·梅拉

（Romina Mella）帮我核对书中事实，在最后一程为我保
驾护航。

感谢斯蒂芬妮·帕雷哈（Stefanie Pareja）、迭戈·萨
拉查（Diego Salazar）、大卫·伊达尔戈（David Hidalgo）、
托诺·安古洛（Toño Angulo）、阿古斯·莫拉莱斯
（Agus Morales）、哈维尔·西奈（Javier Sinay）、罗德
里戈·佩德罗索（Rodrigo Pedroso）、鲍里斯·穆尼奥斯
（Boris Muñoz）和索尔·阿利弗蒂（Sol Aliverti）在不同
的时间以不同的方式鼓励我出版这本书。

感谢克劳迪娅·贝里奥斯（Claudia Berríos）、玛
丽亚·赫苏斯·泽瓦洛斯（María Jesús Zevallos）、凯特
里·莫兰（Katery Morán）、朱莉安娜·达维拉（Giuliana
Dávila）和胡里奥·埃斯卡兰特（Julio Escalante）在我刚
刚萌生出写这本书的念头时就给我加油鼓劲。

感谢米盖尔·安吉尔·法凡（Miguel Ángel Farfán）、
理查德·曼里克（Richard Manrique）和沃尔特·李
（Walter Li）。

还要感谢我的家人，尤其是我的父母和兄弟姐妹，他
们总要忍受我长时间的缺席——因为我不是在外面旅行，

就是关起门来码字，努力想写出一些能感动他们的东西。

感谢罗莎·查韦斯·亚西拉（Rosa Chávez Yacila），她总是能告诉我真相，无数次将我从自我困顿中拯救出来。

原著为西班牙文，由安妮·麦克德莫特译为英文